Für meine Familie, Sebastian und die Menschen, die „It's Raining Men" geschrieben haben.

Tim Szlafmyca

Die Relativität der Gleichzeitigkeit

Bibliografische Information der Deutschen Nationalbibliothek:
Die Deutsche Nationalbibliothek verzeichnet diese Publikation in
der Deutschen Nationalbibliografie; detaillierte bibliografische
Daten sind im Internet über http://dnb.dnb.de abrufbar.

© 2016 Tim Szlafmyca

Herstellung und Verlag:
BoD – Books on Demand, Norderstedt

ISBN: 978-3-7412-6536-5

Prolog

Fick dich, Universum. Darf man das so eigentlich sagen, also zum Universum? Und generell in einem Buch, ist ja schließlich vulgär? Befriedige dich selbst, Universum. Vielleicht so? Jetzt ist es aber eher kumpelhaft, quasi so, wie es nicht gemeint war:

Ich: »Hey Universum!«
Universum: »Na du!«
Ich: »Pass auf, du bist ja mittlerweile ziemlich alt und hast viel gemacht, ne? Gönn dir doch mal eine Pause und lass es dir mal richtig gut gehen. Ich mein, jeder macht das doch, wenn keiner hinguckt und du bist einfach mal das Universum – du kannst jedem dabei zusehen und das ist irgendwie auch legal und du brauchst kein Internet dafür. Mann, Universum müsste man sein!«
Universum: »Ja, tolle Idee. Ich hab nicht mal Hände!«

Okay, vielleicht doch keine so gute Idee, aber ungefähr so würde ich mir eine Konversation mit dem Universum vorstellen, wenn es denn ginge, also auch mit so vielen Ausrufezeichen, was man im Gespräch vielleicht nicht gemerkt hätte, weil Satzzeichen ja nicht angezeigt werden beim Sprechen und wenn doch, dann hätte ich in Diktaten trotzdem falsche Kommata gesetzt.

Vor einiger Zeit bin ich mal mit einer Freundin spontan nachts an den See gefahren. Da sie eigentlich nicht wirklich trinkt und ich der Fahrer war, mussten wir ziemlich unspektakuläres Radler trinken und uns normal unterhalten statt angeheitert-tiefgründig, wie Studenten es in Kneipen eben machen würden. Jedenfalls hat sie mir dann erklärt, dass man sich Dinge vom Universum wünschen kann und diese würden dann in Erfüllung gehen. Irgendwann. Aber man wisse nie, wann genau es passiert.

So gesehen kann da ja jeder kommen. Ich könnte auch Wünsche annehmen – irgendwann gehen die in Erfüllung. Vielleicht auch erst nach dem Tod des Antragsstellers oder für eine andere Person, aber wo beweist das denn, dass der Wunsch nicht erfüllt wurde? Wünsche und Prophezeiungen können falsch verstanden werden. Das würde zumindest so manches Weihnachtsfest erklären. Andererseits wünscht man sich da ja was von seinen Eltern oder dem Weihnachtsmann und beide sind höchstwahrscheinlich nicht das Universum.

Ich könnte mir also vom Universum wünschen, dass es sich selbst fickt und es würde mir diesen Wunsch erfüllen, irgendwann. Die Möglichkeit, dass ich damit die Menschheit in ein Armageddon stürze ist vermutlich sehr hoch und wenn ich so darüber nachdenke, glaube ich zu wissen, dass schon die Dinosaurier bei ihren Wünschen ans Universum eher unvorsichtig waren. Aber was soll sich ein T-Rex in Anbetracht seiner kurzen Arme auch groß gewünscht haben außer: Fick dich, Universum.

Über sowas mache ich mir nachts rauchend am Fenster Gedanken. Es hat so was Episches, mit leerem Blick und voller Lunge in den Hinterhof zu starren und nachzudenken. Und eigentlich rauchte ich auch nur in diesen Momenten.

Auch ein Grund, warum sich das Universum mal gehörig selbst kann: In seiner ganzen Bosheit und Niedertracht hat es deutsche Independent-Filme zugelassen, die falsche Vorstellungen von Waschsalons und Küchenfenstern vermitteln. Vor ein paar Jahren, ich hatte noch keine Waschmaschine, wollte ich inspiriert durch ebensolche Filme tiefgründig im Waschsalon waschen. Da stand ich also um sechs Uhr morgens mit dem frischen Brötchen vom Bäcker und meinem Kakao in der Glasflasche, an deren Blech-Deckel man sich immer schneidet, weil man diese Dingsis da abknibbeln möchte, die aber verdammt scharf sind (Fick dich, Universum!), starrte in die langsam erwachende Stadt und dachte mir: Im Film käme jetzt ein echt guter Song. Und während man im Kopf die innere Playlist durchstöbert, um das passende Lied für diese Situation zu finden, schleudert die Maschine zum letzten Mal die Socken durch ihre Trommel und reißt mich aus dem, was man wohl als ›einen Film schieben‹ bezeichnet.

Und wenn ich dann nachts rauchend am Küchenfenster in den Himmel starre, all diese Sterne sehe und mich selbst in diese absurde Universumsrelation setze, dann merke ich erst, wie unwichtig alles eigentlich ist. Irgendwo da draußen schieben sich Himmelskörper durch ihr System, seelenruhig, weil sie ja sonst nichts zu tun haben, und hier, unweit vom Küchenfenster, liegt dieser Brief, der mich zum dritten Mal auffordert, dass ich bitte meine Stromnachzahlung überweisen soll. Klar, es sind die kleinen Dinge, die das Leben lebenswert machen. Aber trotzdem.

Genauso unwichtig und klein ist übrigens auch die Liebe. Da stellt man sich generell dämlich an. Sei es die verstellte, hohe Stimme am Telefon während des Gesprächs mit Zuckerbärchen oder diese Wir-sind-ein-cooles-Pärchen-weil-wir-Pärchenzeug-ablehnen-aber-ihr-dürft-trotzdem-morgen-zum-Pärchenabend-vorbeikommen-Attitüde.

Oder wenn man in irgendwelchen Foren nach Tipps stöbert, wie man es richtig macht. Einfach mal ein paar Tage ignorieren, dann wird sie merken, was sie an dir hat und dich vermissen. Zieh das doch einfach mal drei Tage durch und sie ist dein. Ja genau. Fick dich, Universum.

Ich glaube ja, dass das genauso unrealistisch ist wie die Hoffnung darauf, dass folgendes Gespräch irgendwann im Leben einmal stattfinden könnte:

Sie: »Du, sag mal, du kennst doch meinen Freund?«

Ich: »Jau, sicher, du meinst Berti, der zwei Meter große Kampfsportler, auf den quasi jede und jeder steht, was ich nur erkläre, falls jemand dieses Gespräch mitliest oder –hört (und den Rest sage ich in Klammern – einfach, weil ich wissen will, wie es sich anfühlt, wenn man etwas in Klammern sagt). Irgendwie fühlen sich Klammern beim Sprechen nicht so an wie beim Schreiben. So ordnend und beiläufig, wie Mama früher, wenn sie mich eigentlich nur für den Schultag aus dem Bett kriegen wollte und dabei versehentlich das Zimmer aufräumt.«

Sie: »Genau der (den Rest ignoriere ich einfach mal, deswegen sage ich es in Klammern). Jedenfalls wohnt er ja 600 Kilometer von hier entfernt, und damit ich für ihn noch die nötige Leistung zeigen kann, wollte ich dich fragen: Würdest du vielleicht mit mir schlafen, damit ich in der Übung bleibe?«

Sollte dieses Gespräch irgendwo auf der Welt in dieser oder einer ähnlichen Form (ohne Klammern zum Beispiel) stattfinden – ich gebe ein Bier aus. Dem Gespräch. Oder den Sprechern. Das ist eines dieser Dinge, die ich vor meinem Tod noch gerne machen würde. Genauso wie einen zweiten Grund finden, warum man eine Katze ›Scooter‹ nennen sollte. Der erste ist: Weil das aussieht wie die Antenne bei einem Auto-Scooter, wenn die mit hochgestelltem Schwanz laufen. Da muss es aber mehr geben. Da draußen, dort, wo man hinguckt, wenn man nachts am Küchenfenster steht oder früh morgens vor dem Waschsalon sitzt. Da draußen, wo sie ist und von wo man das Rauschen hört. Da draußen, wo man gerne wäre, müsste man nicht schlafen, was man eh nicht kann, weil es viel zu unwichtig ist am Küchenfenster zu stehen und über irgendwas nachzudenken.

I.

»Ist das deins oder meins?«
»Das ist Wiesbaden. Haha, verstehste?«
»Alter, ist das jetzt dein oder mein Bier?«

Wie so ziemlich jeder ignorierte auch Emmy meinen ultimativen Geographie-Witz in Anbetracht des Durstes und des eigentlich vor ihr stehenden goldenen Glücks geschickt und griff schließlich einfach nach dem volleren Glas, da ich ihrem geschulten Blick nach wiederum der vollere von uns beiden war und dementsprechend mehr getrunken haben muss. Bestechende Logik nachts um halb vier in der Stammkneipe. Dem Ort, an dem irgendwann alles logisch erschien und man so wunderbar diskutieren konnte über die Dinge, die aus irgendwelchen nicht nachvollziehbaren Gründen immer erst nach sechs Bier in der Stammkneipe wichtig wurden. Wie Dinosaurier. Eine weitere Feststellung: Die wichtigen Themen waren nahezu deckungsgleich mit denen aus den Dokumentationen, die nachts liefen und die man guckte, wenn man gerade nicht am Küchenfenster stand.

Und natürlich sollten alle meine Freunde wissen, wie gefährlich Quallen eigentlich sein könnten, sollten sie mal auf eine treffen. Man weiß ja nie, was sich die Evolution für Absurditäten ausdenkt – da steht man am Kiosk und holt sich ein Fuß-Pils und plötzlich steht da so eine Qualle neben dir, schiebt dich beiseite und du musst dich selbst anpinkeln, weil die Berührung ein unangenehmes Brennen hervorruft. Erkläre das dann mal dem Kioskbesitzer.

Bei Emmy war ich mir auch nie so sicher, ob sie meine wichtigen Themen eigentlich auch wichtig fand oder mir nur zuhörte, weil es dieses Agreement zwischen Menschen gab, die man gut leiden konnte und deswegen darauf vertraute, dass der andere gerade vielleicht einen Knall hatte, der wieder vorübergehen würde. Aber laut einer Doku, die ich letztens gesehen habe, kann man auch den Urknall irgendwie noch hören. Ich würde einfach nie anders sein als so. Trotzdem saß sie noch dort und hörte zu oder lachte, kommentierte und plante den nächsten Doku-Abend mit mir.

Sie: »Ey, nach dem Bier hier gehen wir aber nach Hause.«

Ich: »Das ist das weiteste, das eine Frau jemals mit mir für die Zukunft geplant hat. Eigentlich habe ich mir das immer anders vorgestellt und ich hätte mir auch ein gewisses Mitspracherecht eingeräumt. Das Problem ist nur, dass ich bei Nichtbefolgen deines Plans alleine hier sitzen würde. Da habe ich ja eigentlich auch keinen Bock drauf. A-propos Nichtbefolgung eines Plans, letztens hab ich da 'ne Doku gesehen über ...«

Sie: »Jetzt trink mal aus, Junge.«

Dabei fuchtelte sie mit ihrem leeren Glas vor meinem Gesicht herum und ich dachte, dass solche Situationen eigentlich eine echt miese Erfindung vom Universum sind und nahm mir vor, dass ich am Küchenfenster darüber nachdenken sollte. Darüber, dass ich eigentlich beleidigt sein konnte, weil sie mich nicht hatte ausreden lassen und darüber, dass ich andererseits glücklich sein konnte, dass sie ihren Heimweg unbedingt mit mir antreten wollte.

Wir nahmen unsere Jacken und schauten noch einmal mit diesem hoffnungsleeren Blick auf die Plätze, von denen wir gerade aufgestanden sind auf der Suche nach Dingen, die wir möglicherweise vergessen haben und den Dingen, die wir wegen zu viel Bier woanders liegen ließen. Und das trotz der Gewissheit, dass es in diesem Moment gar nicht so viel mehr gab als uns zwei, den gestillten Durst und einen viel zu langen Heimweg.

Wie jedes Mal hatte einer von uns mal wieder Hunger für zwei, so dass sich der andere ebenfalls einen Döner bestellte, nachdem wir beschlossen hatten noch eine Pizza zu essen. Ich liebte unsere Inkonsequenz, die Entscheidungen schwerer und das Leben einfacher machte. Mir war aber klar, dass einer von uns beiden am nächsten Morgen mit Blick auf die Flecken an der Jacke mindestens eine Entscheidung des Abends bereuen wird und sei es nur die Extraportion Soße auf dem nächtlichen Glücklichmacher in der Teigtasche.

Wenn wir zusammen nach Hause gingen, zumindest dieses eine Stück, dann waren unsere Gespräche vielleicht nicht gehaltvoll. Aber trotzdem Grund genug, dass man die Welt um sich herum einfach vergaß. Es konnten direkt neben uns Ninja-Armeen gegeneinander kämpfen und wir hätten sie nicht gesehen. Okay, wenn es gute Ninjas waren, würden wir sie sowieso nicht sehen. Sagen wir, es kämpfen Drachen gegeneinander. Wobei eigentlich egal war, wer da kämpfte, weil wir ja uns hatten, was uns für circa anderthalb Kilometer unsterblich machte und spätestens beim Aufwachen in einen Zustand nahe der Leichenstarre versetzte.

Wie immer verabschiedeten wir uns an der Ecke, die unsere Routen teilte und ich trat den letzten Teil meines Heimweges an. Alleine nach Hause gehen, das war im Grunde auch wie ein Küchenfenster oder ein Waschsalon. Zumindest wenn man gerade keinen Fußball-Manager am PC spielte und sich in Gedanken selbst zur nächsten Saison interviewte und fragte, warum am letzten Spieltag die sicher geglaubte Meisterschaft verspielt wurde und ob ein neuer Sechser die nötige Stabilität in die Defensive bringen würde.

Diesmal kam mir in den Sinn, dass vermutlich jede Freundschaft auf der Welt diese eine Ecke hat, an der man sich traf und trennte. Das war genauso Gesetz wie die Pflicht von Matratzenläden einen Laden an der Ecke zu beziehen. Ich wusste bis heute nicht, warum - und ich habe auch noch nie jemanden gesehen, der an so einer Ecke stand und auf eine Freundin gewartet hat, die sich aber leider verspätet, was ihn zum Spontankauf einer Federkernmatratze bewegte. Und wenn ich so darüber nachdachte, wäre genau das so eine Aktion, die man vermutlich von mir erwarten würde, und selbstverständlich würde ich den ganzen Abend eine Matratze durch die Stadt tragen – man musste schließlich zu seinen Witzen stehen.

Zu Hause angekommen, schickte ich Emmy eine SMS mit der Aufforderung gut zu schlafen, um das letzte Wort unserer Begegnung zu haben. Das war so eine Macke von mir. Das letzte Wort haben, selbst wenn es nur der nächtliche Schlaf-gut-Wunsch ist. Mit der Gewissheit, dass sie unter ihrer Decke lag und träumte (vielleicht von Ninjas, die gegen Drachen kämpfen, wobei die Drachen nicht sehen, gegen wen sie da eigentlich kämpfen, weil es gute Ninjas sind), konnte ich mich wieder ans Küchenfenster stellen.

Ich frage mich immer, wieso man selbst um fünf Uhr morgens noch so viele Lichter in den Häusern brennen sah, und durch dieses Ertappt-Gefühl schaltete ich mein eigenes lieber aus, um nicht selber Teil der Küchenfenster-Gedanken anderer zu werden. Man will ja nicht aufdringlich sein.

II.

Die Uhr auf meinem Radio ging manchmal falsch. Nicht so zwei-Minuten-mäßig, nein, ganze Stunden teilweise. Was sie auf eine absurde Art und Weise aber durchaus sympathisch werden ließ. Das funktionierte aber nur an Tagen, an denen Zeit keine Rolle spielte. Übrigens lag genau dort sehr oft das Problem: Wenn Zeit Geld ist und Zeit an manchen Tagen keine Rolle spielt, dann ist das Geld ein mieser Nachahmer. Und ohne Universum gäbe es ja auch kein Geld. Ne, Universum?

Heute stand nicht viel auf dem Plan. Das waren die schlimmsten Tage, weil man jedem erzählte, dass man nichts zu tun hatte. Das resultierte darin, dass alle einen zu ihrer Tätigkeit einluden, und man war den lieben langen Tag damit beschäftigt so zu tun, als hätte man die Nachricht versehentlich übersehen, bis man die ultimative Ausrede parat hatte. Auch so eine Sache, über die man am Küchenfenster nachdenken konnte. Warum galt das eigentlich nicht als passable Ausrede?

»Was machst'n heute, biste dabei nachher?«

»Du, sorry, eigentlich klingt das echt gut, als einziger Fremder zu der WG-Party mitzukommen. Aber muss heute leider am Küchenfenster stehen und nachdenken.«

»Hahaha, wollen wir uns halb neun an der Ecke treffen?«

»Nee, das geht echt nicht, nachdenken und so.«

»Alter. Denk halt schneller nach. Meine Fresse.«
»Halt sagt man nicht. Und das ist ja das Problem, ich kann noch nicht einschätzen, worüber ich nachdenken werde, weil sich das erst in der Situation entwickelt und die Dauer kann dementsprechend von einer Zigarette über eine Schachtel bis hin zum sicheren Tod durch Vergiftung alles betragen.«
»Du kannst ja auch erst gegen null Uhr kommen.«
»Ich wollte dann noch in den Waschsalon.«
»Hast du nicht 'ne Waschmaschine?«
»Ja. Aber zum Nachdenken.«
»… tuuut. Tuuut. Tuuut.«

An sich wäre das bestimmt ein Weg, um einen freien Abend frei zu halten. Mit der Konsequenz, dass danach wohl alle weiteren Abende ebenfalls frei sein werden.

Laut der Uhr auf meinem Radio war es kurz vor elf am Vormittag, laut der Zeitmessung, an die die restliche Zeitzone glaubte, war es hingegen halb fünf am Nachmittag, als ich am Küchenfenster stand und nicht nachdachte. Das war so ein Gesetz, das ich für mich selber eingeführt hatte und wovon ich der Meinung war, dass es für jeden mit Küchenfenster gelten sollte: Nachdenken am Küchenfenster durfte man nur nachts beziehungsweise im Dunkeln. Gleiches galt für Heimwege und Waschsalons. Alles andere wäre ja auch Schwachsinn. Nehmen wir das Beispiel Heimweg, sagen wir um halb zwei am Nachmittag. Wie will man da tiefgründig nachdenken, wenn Schulkinder mit seltsamen, aber modernen Frisuren Erwachsenen und Nicole aus der Parallelklasse imponieren wollen? Das ist genauso unrealistisch wie Student sein und dabei dann tatsächlich zu studieren.

Mein Handy vibrierte kurz auf der Arbeitsplatte und ich schaute erschrocken rüber – wenn es ein zweites Mal vibrierte, war es ein Anruf und ich musste mich totstellen und von allen Fenstern weggehen. Wenn es aber nach dem ersten Mal nicht erneut vibrierte, dann war es nur eine Nachricht und ich konnte davon ausgehen, dass die sendende Person mich nicht sah. Ein weiteres Vibrieren blieb aus.

Emmy schrieb und ich wusste, dass sie das nur des Schreibens wegen tat. Einfach Kontakt haben, einen gewissen Geborgenheitsbedarf abdecken, den ich ihrer Meinung nach abdecken durfte. Sie wird wahrscheinlich nur aus Prinzip fragen, was ich so mache, weil sie einfach Bedarf nach Austausch hatte und nicht daran interessiert war zu erfahren, ob ich möglicherweise in den letzten Stunden, die wir uns nicht gesehen habe, am Küchenfenster stand oder eine Doku geguckt habe.

Doch diesmal kam sie zu meiner Überraschung doch direkt auf die Idee mich zu fragen, ob wir am Abend nicht zusammen weggehen wollen. Am Nachmittag sowas fragen. Das ging nicht – ich durfte doch jetzt noch gar nicht ans Küchenfenster, in den Waschsalon oder auf den Heimweg, um über den Abend nachzudenken und Gespräche vorzuplanen, die zumindest in meinem Kopf dazu führten, dass wir uns heute Abend ineinander verliebten. In solchen Momenten versuchte ich immer stark zu sein statt überfordert in der Ecke zu kauern, wimmernd, in der Hoffnung, dass mich jemand mit einem Stück Pizza aus der Apathie lockt, was funktionieren würde, jedoch noch nie passiert war.

Es gab zwei Möglichkeiten: So lange die Nachricht ignorieren, bis die gesetzliche Nachdenkzeit angebrochen war, was die Gefahr mit sich brachte, dass sie sich bis dahin schon eine andere Begleitung gesucht hätte. Oder ich könnte direkt schreiben, dass wir das gerne tun können, um dann den restlichen Nachmittag und frühen Abend ein bisschen durchzudrehen.

Außerdem war es ja immer so, dass private Nachrichten außerhalb von irgendwelchen Gruppen-Chats, die die Frage nach einer gemeinsamen Unternehmung beinhalteten, immer auch an andere gingen und man am Ende doch wieder mit einem ganzen Haufen Leuten dort saß.

Schwierig. Äußerst schwierig. Was würde Jesus tun?

Jesus: »Oh, eine Nachricht von Maria Magdalena, sie möchte wissen, was ich heute Abend mache.«

Judas: »OMG WTF – was hältst du da in der Hand? Hilfe! Eine Hexe! Verbrennt sie ... äh ihn!«

Jesus: »Gibt es Hexen denn nicht erst in tausend Jahren?«

Judas: »Und Hellseherei!«

Pontifex Pilates oder wie der heißt: »Beruhigt euch, Bürger, ich werde dieser Zauberei Einhalt gebieten und alle Hinweise auf das Handy Christi vernichten, so dass man erst in zweitausend Jahren wieder auf die Idee kommt, sowas zu erfinden.«

Hm. Naja, ich war nie bibelfest und wusste nicht, ob es damals schon Handys gab, aber ich habe mal eine Doku gesehen darüber, dass es in Bagdad schon vor ein paar tausend Jahren eine Batterie gegeben haben soll. Was denen eine Batterie gebracht hat, weiß ich aber nicht. Damit kann man ja nur diese eklig tickenden Wanduhren betreiben und was Folter anging, war man damals ja dann doch noch deutlich kreativer als all die Personen, bei denen ich im Wohnzimmer unter einer solchen Uhr schlafen durfte.

Ach ja: Emmy habe ich dann natürlich zugesagt. In der Hoffnung, dass unser Gespräch auch ohne die nötige Vorplanung dazu führen würde, dass wir uns ineinander verlieben.

III.

Ich stand an der Ecke. Doch bevor ich nach Übertreten der eigentlichen Treffzeit zum Spontankauf einer Matratze übergehen konnte, fiel es mir wieder ein: Wir hatten uns diesmal eigentlich direkt in unserer Stammkneipe verabredet und nicht an der Ecke. Das konnte ja mal passieren.

Auf dem Weg zur Kneipe überprüfte ich die Straßen nach Kampfspuren aus der letzten Nacht. Scheinbar könnte ich auch heute nicht die Existenz von Drachen, die gegen Ninjas kämpfen, beweisen. Das sollte ich vielleicht meiner Liste der Dinge, die ich bis zum Tod einmal gemacht haben möchte, hinzufügen.

Da ich durch meine falsche Positionierung im Raum-Zeit-Gefüge wieder einmal zu spät zum Treffen kam, musste ich mir noch einen guten Spruch überlegen, mit dem ich locker und witzig meine Verspätung würde vergessen lassen können. Das waren gerade vier Verben in einer Reihe. Aber egal, nicht abschweifen, ich musste einen Spruch finden. Ein klassisches ›Das-Beste-kommt-zum-Schluss‹ zog spätestens seit der Geburt meiner kleinen Schwester nicht mehr, weil ich nach dieser Logik dann ja nicht mehr das Beste wäre. Auf der anderen Seite glaubte ich da ja auch gar nicht dran, aber ein bisschen augenzwinkernde Selbstbeweihräucherung wirkte manchmal auch sympathisch. Wie Gitarre spielende Großstadt-Singles, die Lieder über schlechte Partys singen.

Nicht abschweifen. Ich könnte meine Entschuldigung auch mit einem ›Du-glaubst-nicht-was-passiert-ist‹ einleiten und dann erzählen, wie Drachen gegen gute Ninjas kämpften, weswegen man die Ninjas nicht gesehen hat und es dementsprechend so aussah, als würden die Drachen eine abgefahrene Kunstperformance darbieten. Wie ich jedoch bereits selber vor wenigen Augenblicken feststellte, konnte ich die Existenz solcher Drachen noch nicht beweisen. Ich könnte natürlich auf dem Teekannengleichnis von Bertrand Russell beharren, doch dann müsste ich im Zweifel erst noch erklären, was das genau beinhaltet und ich kenne dann wieder nur die Hälfte, weil mich Halbwissen bereits ausreichend befriedigte und man selbst damit schon ewige Diskussion in Stammkneipen führen konnte. Universum, du bist einfach zu kompliziert.

Emmy: »Meinst du nicht, dass du statt minutenlang auf den Tresen zu starren auch mit mir reden kannst?«

Allem Anschein nach saß ich bereits seit einigen Minuten neben Emmy in der Kneipe und hatte statt einer Entschuldigung nur Schweigen parat.

Ich: »Oh, entschuldige bitte, ich wusste nicht, dass ich schon da bin.«
Emmy: »Alter?«
Ich: »Du weißt doch, wie alt ich bin.«

Emmy: »Ich frage mich manchmal echt, wie es das Universum geschafft hat, dass wir beide Freunde wurden.«
Ich: »Echt mal. Fick dich, Universum!«
Emmy: »Alter.«

Während sie uns zwei Bier bestellte und meine Freude über eine Verbündete in der Aufforderung zur Selbstbefriedigung des Universums schwand, stellte ich fest: Das war vermutlich nicht unbedingt der Start in die gegenseitige Liebe.

Und natürlich würden wir heute auch nicht wirklich tiefgründige Gespräche führen. Nein, jeder erzählte wieder einige lustige Geschichten, die wirklich passiert sind und das Gegenüber kannte die Geschichten schon und lachte trotzdem mit, weil wir uns nicht eingestehen wollten, dass wir eigentlich zu viel zusammen erlebten, um nur noch als Freunde hier zu sitzen, aber immer noch zu wenig, um sich 30 Quadratmeter teilen zu können.

»... und dann hörte man aus dem Kleiderhaufen nur noch lautes Fluchen.«
Sie lachte auf und ich nippte lächelnd an meinem Glas.
Ich: »Das erinnert mich an ...«

Das ging jetzt Stunden so weiter und meinetwegen könnte es auch so lange weiter gehen bis nichts mehr geht und einer von uns nur noch daliegt und ein letztes Mal Revue passieren lässt, was uns gemeinsam passiert ist, ehe der andere den kurzen

Rest des Lebens die Chance hat, neue Geschichten zu sammeln, falls wir uns nach dem Tod an irgendeinem Tresen wiedertreffen.

Wahrscheinlich hatten wir beide diesen Geborgenheitsbedarf. In anderer Form vielleicht, aber wir gehörten wohl irgendwie zusammen. Und ich meine, länger als bis der Thekenschluss uns scheidet. Das merkte ich daran, dass ich bereit war, mir die Geschichten auch heute noch ein weiteres Mal anzuhören. Weil ich wusste, dass ihr Teilen uns beide glücklich macht, dass das Bier uns beide glücklich macht, dass der Abschied nachher unglücklich macht. Einseitig, aber wenn sich nur einer von uns verliebte, dann war das doch die halbe Miete, oder? Aber warum musste ich der Erste sein? Universum, du weißt, was Sache ist.

IV.

Zugegeben: Küchenfenster-Ideen waren manchmal auch voll der Müll. Vielleicht war es auch die Kombination aus Verliebtsein und dem Küchenfenster, dass man spontan damit aufhörte, man selbst zu sein und einen Grund zu liefern, vielleicht doch auf irgendeine Art und Weise liebenswert zu erscheinen. Beispielsweise durch Internetforen, wo eine arme Seele vor acht Jahren das gleiche Problem hatte wie ich und man sich einredete, dass vor 8 Jahren die Liebe doch bestimmt genauso funktionierte.

Dabei mochte ich das Internet eigentlich ganz gerne. Es war schließlich unterhaltsam. Mein Lieblingssatz aus einem Internetforum lautete: Also ich für meinen Teil liebe orale Stimulation an meinem Anus.

Ich hatte mir eigentlich vorgenommen, dass ich genau diesen Satz in mein Repertoire aufnehme, damit ich nie wieder klassische ›Du-kannst-mich-mals‹ oder ›Leck-mich-am-Arschs‹ raushauen müsste. Aber die ultimative Schlagfertigkeit in jeder Situation ist auch nur so eine Erfindung der Filmindustrie. Und auf der anderen Seite führte ich nie Gespräche, in denen ich an dieses Wortschatzregal gehen musste.

Deswegen sind Forenbeiträge im Internet, in denen ein Familienvater zur Diskussion, ob als Toilette ein Flach- oder Tiefspüler besser geeignet war, beiträgt, dass seine Familie beim Kacken prächtige Türme baute, für Normalweltgespräche keine Zitat-

Quelle, sondern bloße Unterhaltung für die Stunden im Bett, an denen man schlafen müsste, aber nicht konnte.

Was mich in Anbetracht drohender, einseitiger Liebe nicht davon abhielt, Tipps zu lesen, die vor acht Jahren der armen Sau in diesem Forum schon nicht geholfen haben. Aber man konnte es ja mal probieren:

Tipp 1: Eifersüchtig machen. Unternimm etwas mit anderen, damit sie weiß, dass du andere Optionen hast.

Tipp 2: Ignorieren. Auch wenn sie dir schreibt, antworte einfach ein paar Tage nicht. So merkt sie, was sie an dir hat und dass du ihr fehlst.

Tipp 3: Immer da sein. Egal was auch passiert, sei an ihrer Seite, höre zu und interessiere dich für sie.

Genau.

Sie: »Mir geht es verdammt schlecht, ich brauche einfach nur jemanden zum Reden, Bier trinken, in den Arm nehmen.«

Ich: »Voll interessant, tut mir echt leid, was da so los ist, aber ich treffe mich heute mit anderen Mädchen und melde mich dann in sechs Tagen wieder.«

Ja, schon beim Lesen der Tipps hätte mir auffallen sollen, dass da eine gewisse logische Lücke existierte. Aber diesen Gedankengang hatte ich blöderweise in diesem Moment nicht. Vielleicht war ich abgelenkt. Von Drachen oder der Suche nach dem perfekten Lied, das laufen würde, wäre ich gerade in einem Film diejenige Figur, die hoffnungslos verliebt am Küchenfenster stand, in die Nacht starrte und sich wünschte, dass das Leben doch ein Film war, weil dann zumindest die Hoffnung auf ein Happy End bestand. Happy End wäre auch ein prima Name für Klopapier. Aber das nur nebenbei.

V.

Ignorieren also. Das hieß zwangsläufig, dass ich mir überlegen musste, womit ich meine Zeit die nächsten Tage rumkriege. Ich könnte mal wieder Straßenbahn fahren und bei der Gelegenheit überprüfen, ob ich eigentlich noch an der Uni eingeschrieben war. Dabei bestand vielleicht sogar die Möglichkeit jemanden zu treffen, den ich kenne und schon würde ich wieder sinnvoll meine Zeit verschwenden. Gleichzeitig ließe ich mich endlich mal wieder bei meiner Bahn-Community blicken.

Der Mikrokosmos Straßenbahn war immer wieder faszinierend, vor allem dann, wenn man ständig zur gleichen Zeit fuhr. Man fing an die Mitfahrer wiederzuerkennen und wurde nach und nach als einer der ihren akzeptiert, man wurde selbst Teil der eingeschworenen Gemeinschaft, die nie ein Wort miteinander wechselte und Neulinge mit misstrauischen Blicken strafte. Sollte das mit Emmy klappen, würde ich sie wohl nicht meinem Freundeskreis vorstellen, sondern sie mit mir Bahn fahren lassen. Und wenn sie dann in der Kurve, die kein Bahnfahrer der Welt sanft fahren konnte, auch vom General angesprochen wird, dass der Fahrer doch verrückt sei, dann kann ich sie wohl heiraten.

Der General besaß bestimmt auch einen richtigen Namen, aber ich hatte noch nie mit ihm gesprochen und für mich beschlossen, dass der alte Mann so heißen sollte. Rein von seinem Auftreten und seiner Haltung her. Sonst wusste ich ja nichts über ihn, nur wann er Bahn fuhr und in dieser einen Kurve die Neulinge prüfte. Da mein Beschluss gefasst war, begab ich mich wieder mal zur gewohnten Zeit zur Haltestelle. Ich spürte direkt, dass ich ein paar Wochen abwesend war. Ein paar neue Mitfahrer standen dort, vielleicht Einmalfahrer oder Neuzugänge unserer Gemeinde.

Der General würdigte sie keines Blickes, schaute jedoch zu mir herüber und nickte nicht. Dennoch wusste ich, dass er mir zumindest telepathisch versuchte ein Nicken zukommen zu lassen. Wie immer umklammerte er seinen Regenschirm, während er auf dem Bahnsteig auf und ab schlenderte. Einer der neuen, nennen wir ihn mal den Pianisten – er trug einen weißen Anzug und das vermutlich seit 1972 – wirkte sehr nervös. Mehrfach passierte er den Einkaufswagen, der schon seit Wochen an unserer Haltestelle stand und vermutlich der Autorität des Generals unterstellt war, und wischte dauernd mit einem dieser Stofftaschentücher über seine Hände. Ich dachte nur: Hoffentlich wäscht er sein Stofftaschentuch auch regelmäßig, wäre ja sonst unhygienisch. Außerdem musste ich zugeben, dass ich keine Ahnung habe, warum es solche Tücher überhaupt gab. Nach einem Mal Naseputzen war es doch voll und dann reibt man sich den Rest des Tages seinen Schnodder auf die eigene Nase. Da könnte man ja gleich auch sein Klopapier nach einer Keramik-Sitzung falten und auf ein Beistelltischchen legen, falls man später zu einem weiteren Geschäft antritt.

In der Ferne konnte man die Straßenbahn kommen sehen. Während der General sich wieder dort positionierte, wo er immer einstieg – genau mittig – hastete der Pianist in Richtung des Einkaufswagens. Das erste Mal blickte ich auf den Griff und wunderte mich, da der dort prangende Discounter hier gar nicht in der Nähe zu finden war. Mit seinem Stofftuch wischte der Pianist über den Griff und als wir anderen durch die geöffneten Türen der Bahn traten, schob der Pianist den Einkaufswagen zur Ampel. Vermutlich fehlte genau dieser Discounter noch in seiner noblen Einkaufswagen-Sammlung oder ihm ist spontan eingefallen, dass er noch Obst besorgen musste.

Es war schon erstaunlich. Tagelang stand der Wagen an unserer Haltestelle und niemand interessierte sich für ihn. Kaum tauchte ein neuer in unserer Runde auf, wird der Einkaufswagen plötzlich ein Objekt der Begierde und sorgt für Gedanken darüber, was wohl seine Geschichte sein möge. Und wie cool es wäre, wenn man einen eigenen Einkaufswagen zu Hause hätte. Aber was sollten die Gedanken jetzt noch. Ich hatte den Wagen eine halbe Ewigkeit ignoriert und nun nahm ihn ein anderer. Hoffentlich wird der Einkaufswagen glücklich beim Pianisten. Die Analogie zu meinem Ignorier-Plan bezüglich Emmy wollte mir in dieser Situation vermutlich nicht in den Kopf kommen.

Es ruckte heftig.

Der General konnte gerade noch eine Stange greifen und somit den Sieg der Kurve auf eine spätere Fahrt verschieben. Als er sich wieder gesammelt hatte, schüttelte er den Kopf:

»Der ist doch verrückt. Jedes Mal.«

Eine junge Studentin neben ihm blickte von ihren Vorlesungsunterlagen auf und schenkte seinem Kommentar ein leises Lachen. Auch ich musste nun lächeln – während der General begann ihr ein Gespräch aufzuzwängen, verliebte ich mich in den Gedanken, dass er sie vielleicht künftig auch in unseren Reihen akzeptieren würde. Nach einigen Minuten kündigte die Stimme vom Band die Haltestelle an der Uni an und ich begann mich zu fragen, wer eigentlich immer diese ganzen Haltestellennamen aufnahm. Die klangen doch in jeder Stadt nahezu identisch und wenn man die Rechte an diesen Aufnahmen hielt, kriegte man doch bestimmt ordentlich Tantiemen für die ständigen Wiederholungen. Ich nahm mir vor, zu Hause ein Studio einzurichten und Haltestellennamen aufzunehmen, die ich dann verkaufen könnte. Aber erst mal raus aus der Bahn und ein Gespräch mit unserem Neuzugang führen. Schließlich stand in einem der Tipps aus dem Internet, dass ich andere Frauen kennenlernen sollte, um mich für Emmy interessanter zu machen.

»Ich glaube, du bist soeben Teil einer Geheimgesellschaft geworden. Du hast das Aufnahmeritual des Generals überstanden.«

Noch bevor sie antwortete, fiel mir wieder ein, warum ich so selten Menschen ansprach: Vieles machte in meinem Kopf deutlich mehr Sinn.

Sie: »Was? Hä? Kennen wir uns?«
Ich: »Oh, nee nee. Aber als ich das erste Mal mit dieser Bahn gefahren bin, hat mich der alte Mann in der gleichen Kurve zugetextet und seitdem bin ich vollwertiges Mitglied der Straßenbahn-Gang. Heute wurdest du in die illustre Runde aufgenommen. Eigentlich reden wir innerhalb unserer Gesellschaft nicht miteinander, doch zumindest eine freundliche Begrüßung wollte ich dir nicht verwehren.«
Sie: »Ähm, Danke?«

Ich spürte förmlich, wieviel interessanter ich für Emmy wurde.

»Gern geschehen. Stört es dich, wenn ich noch ein paar Meter neben dir laufe? Ich war lange nicht mehr an der Uni, da bin ich froh, wenn ich noch etwas die Geborgenheit meiner Straßenbahn-Gang genießen kann.«
Sie: »Na gut.«
»Also nicht?«
Sie: »Doch, doch, alles okay. Habe doch ›na gut‹ gesagt.«

»Richtig, aber das sagt man doch immer am Telefon oder wenn man irgendwo ist und sich verabschieden möchte. Na gut, ich gehe dann mal. Na gut, ich muss dann mal auflegen. Na gut, ich muss jetzt nach links und du nach rechts. So in der Art.«

Sie: »Also da vorne muss ich tatsächlich weg, dort ist meine Vorlesung. Aber du kannst gerne in zwei Stunden dort vor der Tür stehen, mich auf einen Kaffee einladen und weiter seltsam sein.«

Mit einem Zwinkern und einem Winken verabschiedete sie sich in Richtung ihres Hörsaals. Ich blieb noch eine Weile stehen und blickte ihr hinterher. Eigentlich sah sie genauso aus, wie ich mir das Mädchen vorgestellt hatte, das in meiner Band Sängerin oder Schlagzeugerin sein soll, die ich nur aus dem Grund gegründet hatte, um eine weibliche Sängerin oder Schlagzeugerin zu haben. Die braunen Haare unterwarfen sich scheinbar nicht ihrem Willen nach Ordnung und so musste sie sie mit Klammern und Gummis bändigen. Beides in der gleichen Farbe wie ihre Vollrahmen-Brille, die auf den grünen Kulleraugen thronte. Ihre Hose schlabberte so vor sich hin, wie es Jeans eben tun, die nicht eng anliegen und unter ihrer Jacke hatte sie bestimmt einen voll coolen Pulli oder ein Sweatshirt, auf dem wahllos eine Jahreszahl, ein Ort und ein Hobby standen. Sowas wie ›Kopenhagen Kanu 1983‹. Wobei ich mich immer fragte, wer komischer war. Derjenige, der sich das ausdachte oder derjenige, der das kaufte. Oder auf der ganzen Welt liefen Mitglieder des Kopenhagener Kanu-Teams von

1983 rum. Da war sie aber noch nicht geboren, vermutete ich. Also musste ihr Vater ein Teammitglied gewesen sein. Cool, dachte ich und beschloss in der Uni-Bibliothek nach Literatur zu suchen, mit der ich die Existenz von Drachen beweisen könnte.

VI.

Immer noch kein Beweis. Frustriert zog ich an schlafenden Studenten und prall gefüllten Bücherregalen vorbei. Laut Uhr war ihre Vorlesung vorbei und ich sollte sie besser vom Hörsaal abholen. Auf dem Weg dorthin könnte ich mir überlegen, wie ich ihr gestehe, dass ich gar keinen Kaffee mag und stattdessen lieber einen Kakao oder eine Cola trinke.

Ich verließ das Bibliotheksgebäude und machte mich auf in Richtung Ecke, an der der Eingang zu ihrem Hörsaalgebäude war. Mir fiel auf, dass das vermutlich eine der einzigen Ecken dieser Welt war, an der sich kein Matratzengeschäft eingemietet hatte. Vielleicht sollte ich das übernehmen, dann müssten die anderen Studenten nicht immer auf den harten Holzstühlen in der Bibliothek schlafen. Die Matratzen müsste ich ja nicht verkaufen, ein Verleih vielleicht oder eine große Matratzen-Liegewiese, für die man sich ein Abo kaufen könnte. Der Gedanke gefiel mir und ich beschloss, die Idee mit auf die Liste der Dinge zu setzen, die ich vor meinem Tod noch machen wollte. Das erschien auch lukrativer als das Aufnehmen von Haltestellennamen, wobei man bedenken muss, dass ich mich auf gefährliches Terrain begeben würde. Wer wusste schon, was Matratzenhändler so drauf haben und wenn ich denen einen Eckladen in bester Lage wegschnappen würde, wache ich eines Tages vielleicht neben einer toten Matratze auf oder werde mit einer Matratze an den Füßen in einen See geworfen.

Sie: »Ähm, hallo? Willst du vielleicht auch mit mir reden?«
Ich: »Oh, entschuldige bitte, ich wusste nicht, dass ich schon da bin.«

Das passierte mir öfter mal.

Sie: »Okaaaaaay. Ja, du bist schon da und ich habe Zeit und Durst. Ein Bierchen wäre doch ganz nett, oder?«
Ich: »Jo, aber wolltest du nicht eigentlich einen Kaffee trinken gehen?«
Sie: »Um ehrlich zu sein: Ich mag eigentlich gar keinen Kaffee, aber man sagt das doch so, wenn man sich erwachsen genug fühlt, um mit jemandem nachmittags was zu unternehmen, das mit Flüssigkeiten zu tun hat.«
Ich: »Aber du fragst doch nicht nach einem Kaffee, wenn du eine Wasserpistolen-Schlacht anzetteln willst, da ist eine Lücke in deiner Logik.«

Sie lachte, aber nicht laut, das war dieses Nasenlachen, bei dem man einfach den Mund zu lässt und so durch die Nase schnauft. Also dieses Lachen, bei dem man im Winter aufpassen musste, dass einem nach einem guten Witz nicht der halbe Schnupfen am Zinken baumelte. In solchen Momenten wünschte man sich, man hätte eines dieser Stofftaschentücher, die man beim Lachen vor sein Gesicht halten könnte. Das hätte gleichzeitig auch etwas Mysteriöses und Abgehobenes.

Mitsamt zweier schlecht gekühlter Biere setzten wir uns vor die Univerwaltung an eine der Blumenrabatten und stießen gemeinsam an. Unsere Unterhaltung war echt angenehm, auch wenn sie natürlich nach dem klassischen Schema ablief, das ich auch von meinen Gesprächen mit Emmy kannte: Einem von uns war etwas passiert, was den anderen an eine eigene Geschichte erinnerte, bei der dem anderen wieder ein Erlebnis von letztens einfiel und so weiter. Diesmal mit dem kleinen Unterschied, dass wir beide die Geschichten des jeweils anderen noch nicht kannten. Aber wir hatten uns ja nicht mal gegenseitig unsere Namen verraten.

»Du, sag mal ...«

Ich nahm einen Schluck aus meiner Flasche und ließ eines dieser lauten Aaaahs folgen, bei denen man das Gesicht verzieht, weil das Bier, das näher am Flaschenboden ist, nicht mehr ganz so gut schmeckt wie der Anfang. Das hing bestimmt mit der Gravitation zusammen, dass es das Bier gegen Ende immer so runterzieht und es einen selbst dementsprechend auch runterzieht.

»... wenn du schon länger hier studierst, wieso bist du dann vorher noch nie mit der Bahn gefahren? Du hättest doch schon längst Teil der Gang sein müssen.«

Sie quittierte die Frage mit einem weiteren Nasenlachen und ich blickte zur Seite für den Fall, dass sie erkältet war und ich so tun konnte, als hätte ich nicht gesehen, dass da was an ihrer Nase baumelte. Scheinbar war sie aber gesund.

»Ich bin da erst vor ein paar Tagen hingezogen. Vorher hatte ich so einen bewohnbaren Kleiderschrank im Studentenwohnheim, aber das kannste echt nicht lange mitmachen.«

»Also die Partys dort waren eigentlich immer der Hammer.«

»Sprach der, der am nächsten Tag nicht aufräumen musste, mit einem Haufen Austauschstudenten, die in dieser Situation plötzlich vergessen, dass sie sehr wohl unsere Sprache verstehen, um bloß nicht zu viel Hilfe anzubieten.«

»Klingt nicht so, als würdet ihr dort würdigen, was eure Gäste für ein wunderbares Chaos anrichten, um euch auch nach der Party noch einmal alle zusammenzubringen.«

»Wie gütig von euch.«

Sie nahm den letzten Schluck aus der Flasche, stand auf und lächelte mich an.

»Na gut.«

Diesmal meinte sie wohl wirklich die beendende Variante.

Ich: »Aber wir müssen doch quasi in die gleiche Richtung.«

Sie: »Klar, aber ich dachte, in deinem Universum kündigt man so an, dass es Zeit ist aufzubrechen.«

Mein Universum also. Wenn es mein eigenes gab, dann war vielleicht gar nicht das öffentlich zugängliche Universum das schlimme, sondern meins? Gut, dass sie unseren Nachmittag beendete. Ich musste dringend an mein Küchenfenster.

VII.

Leben wie auf der Erde kann dann entstehen, wenn sich der Planet in der habitablen Zone befindet. Außerhalb der Zone ist es demnach scheinbar eher unangenehm. Ich hatte das natürlich noch nie überprüft, wäre ja auch irgendwie schwierig. Schließlich fuhr meine Straßenbahn eher selten außerhalb dieser Zone und wenn, dann würde es definitiv eine ganze Weile dauern.

Vielleicht war meine Küche, wenn ich schon über ein eigenes Universum verfügte, die entsprechende habitable Zone für mich. Mein Küchenfenster als Weltraumteleskop und ich, das erdähnliche Leben im Kosmos Küche. Hier fühlte ich mich eigentlich immer wohl, auch im unaufgeräumten Zustand. Außerdem würde ich mit dem Abwasch Dirk, meinem Rührei von letzter Woche, wiederum seine habitable Zone nehmen. Was für ein Kind die Urzeitkrebse sind, sind dem Erwachsenen die Essensreste. Die kleine Faszination Leben im tristen Alltag und der perfekte Ausgleich dafür, dass man nicht mehr nachmittags zum Dorfteich rennt, um Kaulquappen für sein Planschbecken zu organisieren.

Mit Dirk konnte man hin und wieder auch mal sprechen, wenn im Weltraumteleskop keine interessanten Dinge zu sehen waren. Aber heute sollte ich mich wohl mit dem Gedanken anfreunden, dass unser Abschied nahte. Denn auch wenn ich vom Straßenbahnmädchen den Namen noch nicht kannte – wenn sie sich hier wohl fühlen sollte, musste ich Dirk wohl oder übel das Leben nehmen. Das war der Nachteil, wenn man für eine Person interessanter werden möchte und aus diesem Grund neue Personen kennenlernte und ihnen sein Küchenfenster zeigen wollte.

Ich ging zum Plattenspieler und beschloss mir eine gute Scheibe auszusuchen, die den Abschied von Dirk würdig untermalen würde. Vielleicht ein Requiem oder Pop aus den 90ern, beides echt traurig und faszinierend gleichermaßen – nur leider beides nicht in meinem Plattenschrank. Aber eine gute Portion Rockmusik wird einem Rührei sicherlich auch nicht schaden.

Eine Küche aufräumen dauerte meistens ja gar nicht so lange. Man musste nur das dreckige Geschirr abwaschen und das Pfand woanders verstecken, schon war wieder Platz und vielleicht fand man unter dem ganzen Unrat noch einen verlorengeglaubten Brief, das Bernsteinzimmer oder Freunde, die man seit der letzten Party nicht mehr gesehen hatte. Heute fand ich jedoch nur einen Prospekt vom Pizzaservice um die Ecke. Wahrscheinlich wollte mein Universum, dass ich mich nicht zu sehr über ein Wiedersehen freue, wo doch ein großer Abschied nahte. Und dann verschwand Dirk in einer Mülltüte.

Zugegeben, so aufgeräumt machte meine habitable Zone echt was her und mit einem Straßenbahnmädchen könnte man hier bestimmt prima kochen. Wenn ich denn kochen könnte. Als ich zu Hause ausgezogen bin, rief ich mal bei meiner Mutter an, weil ich wissen wollte, wie man eigentlich ein Spiegelei brät. Während der Erklärung stellte ich meinen Plastikbecher auf den Herd, der natürlich schon an war in freudiger Erwartung meiner Pfanne. Vielleicht war es auch besser so, dass ich zu dieser Zeit noch keine Waschmaschine hatte. Darin hätte ich meine Kleidung vermutlich aus Versehen versteinert.

Mittlerweile verfügte ich natürlich über ein solides Grundwissen im Bereich der Essenszubereitung, aber wirklich abgefahren wurden meine Speisen eigentlich nie. Zumindest nicht mit Absicht.

Mein Blick fiel auf die Uhr. Wenn ich mich beeile, kriege ich die Straßenbahn und könnte sie direkt fragen, ob sie nicht abends vorbeikommen möchte und direkt an der nächsten Station wieder aussteigen und mein Pfand gegen Essbares eintauschen. Der Plan gefiel mir und so warf ich mich in Schale. Das heißt, ich zog mir eine Jacke drüber - wenn ich geschickt stehe während der Bahnfahrt, dürfte die Jogginghose keinem auffallen.

Das erinnerte mich an einen anderen Tipp aus dem Internet. Man solle sich immer so anziehen, als würde man seine große Liebe das erste Mal treffen. Wobei sich da die Frage aufwarf: Was passierte, wenn ich meine große Liebe auf einem Nudisten-Treff kennengelernt hätte? Und wie spielten Nudisten eigentlich Strip-Poker? Trage ich nur noch Jogginghosen, wenn ich sie beim Sport getroffen hätte? Oder machte ich mir nur wieder viel zu viele Gedanken über etwas, das nur für mich schwammig formuliert klang, weil offensichtlich war, was gemeint war und nur ich aus der Mücke eine ganze Elefanten-Population machte, was mich zum König des Elfenbeinmarktes erheben würde – kam natürlich nicht in Frage, man will den armen Elefanten ja nicht weh tun –, aber wo war ich stehen geblieben? Ah: An der Haltestelle.

Ein strenger Blick des Generals fiel auf meine Jogginghosen-Pfandflaschen-Kombi und ich seufzte. Die Mühe um das Straßenbahnmädchen sollte sich wirklich lohnen, wenn ich dafür schon den Großmeister unseres Ordens verärgerte.

Mir fiel heute zum ersten Mal auf, welch interessantes Lichtspiel die Ampeln an der Kreuzung hier eigentlich veranstalten, dass hier an den Ecken auch noch kein Matratzengeschäft eingezogen war und dass ich verliebt plötzlich sogar Ampeln schön fand. Und als die Bahn einfuhr, fing es langsam an zu regnen. Hätte mein Kopf nicht sowieso schon kurz vor der Explosion gestanden, weil ich keine Zeit hatte, um am Küchenfenster das Gespräch mit dem Straßenbahnmädchen vorzuplanen, dann hätte ich mir bestimmt irgendein Lied vom inneren Radio gewünscht. Wann stand man schon mal cool im Regen?

Ich stieg ganz vorne ein und ließ meinen Blick durch die Bahn wandern. Da saß sie, alleine auf einem Viererplatz mit dem Kopf an der Scheibe. Hätte man sie nur gestreift, man hätte vermutet, sie wäre schlecht gelaunt. Aber ihr Ausdruck verriet, dass sie sich bei jeder Vibration der Scheibe ein zumindest inneres Lächeln nicht verkneifen konnte. Weil sie genau wusste, dass ein Kopf an der Scheibe in einer Bahn nun einmal vibrieren musste, wenn man nicht gerade in einer Filmszene steckte. Auch ein Pluspunkt für Waschsalons: Hier konnte man völlig frei von Vibration seinen Kopf an die Scheibe lehnen und nach draußen starren. Meistens starrten die Leute aber dann zurück oder winkten. Das war mir immer etwas unangenehm.

Mitsamt meiner Pfandflaschen quetschte ich mich vorbei an den Menschen in der Bahn. Im Idealfall erreiche ich den Viererplatz vor der Kurve und erhasche vielleicht sogar noch einen Blick auf den General und seinen Initiationsritus, so der Plan.

Blöderweise gestaltete sich mein Vorhaben als schwierig. Eine Oma drehte sich vor mir verzweifelt im Kreis auf der Suche nach etwas zum Festhalten. Ich schloss meine Augen, da ich genau wusste, was als nächstes passiert. Der gewohnte Ruck, der gewohnte Spruch des Generals und das ungewohnte Fallen mitsamt einer Tüte voller Pfandflaschen.

Während meine Plastik-Währung über den Boden rollte und ich meine Augen in einem Schoß öffnete, sah ich die Oma noch durch die Bahn fliegen. Auf einem Besen. Sie war nämlich eine Hexe. Okay, das war gelogen, aber wenn ich gesagt hätte, sie ist einfach umgefallen, dann hätte ich diese Info auch weglassen können.

»Wir kennen uns gerade 24 Stunden und schon hab ich deinen Kopf zwischen meinen Beinen.«

Vermutlich errötet aus Peinlichkeit schaute mein Kopf aus ihrem Schoß hervor. Sie lächelte und ich vergaß meinen Pfand für einen Moment.

Ich: »Tut mir leid. Eigentlich wollte ich dir vorher noch ein Mixtape machen.«

Sie: »Das wäre vermutlich ... höflicher gewesen. Aber Mixtapes von Typen in Jogginghose und einer Tüte voller Pfandflaschen in einer Bahn annehmen sollte ich auf die Liste der Dinge schreiben, vor denen ich meine Kinder später mal warne.«

Etwas unbeholfen suchte ich die in der Bahn verteilten Pfandflaschen zusammen, ohne mich dabei zu weit von ihr zu entfernen. Das Gespräch war schließlich noch nicht beendet.

Ich: »Apropos!«

Sie: »Apropos was?«

Ich: »Kinder, Pfandflaschen, Mixtapes, Jogginghosen, keine Ahnung. Ich wollte aber schon immer mal einen Satz mit diesem Wort anfangen. Jedenfalls wollte ich nur sagen, dass du heute Abend um 20 Uhr an meiner Haltestelle stehen solltest. Ich muss auch schon wieder raus, Pfand wegbringen. Bis später!«

Ich spurtete zur Tür und hörte nach ihrer Verabschiedung noch diverse Wortkonstellationen aus ihrem Mund, die einen vermuten lassen könnten, ich wäre seltsam.

VIII.

Ein bisschen einsam war es schon, so ganz ohne Dirk in meiner Küche. Aber wenn das Straßenbahnmädchen tatsächlich um 20 Uhr dort an der Haltestelle aussteigt, dann könnte sie ja vielleicht seinen Platz einnehmen. Also nicht, dass sie hier schimmeln soll, aber so im Sinne von Gesellschaft.

Zum ersten Mal seit ich in dieser Wohnung wohnte, putzte ich das Küchenfenster. Mein Weltraumteleskop sollte schließlich einen guten Eindruck hinterlassen. Zuvor musste ich jedoch noch das Bier kaltstellen. Wer bei Besuch kein kaltes Bier hatte, der war kein Gastgeber, sondern, weiß nicht, ein Gespenst vielleicht. Quasi etwas, wovor man Angst haben sollte, mit dem man sich zwangsläufig aber trotzdem irgendwie einen Raum teilte.

Als ich die Nahrungsmittel betrachtete, die ich gegen meinen Pfand eingetauscht hatte, bekam ich einen kleinen Schreck: Ich hatte sie gar nicht gefragt, ob sie Veganerin, Vegetarierin, Unitarierin, Marsianerin, Brasilianerin, Büroangestelltin oder Mandarin ist. Und alles hätte fatale Auswirkungen auf den Verlauf des Abends: Für eine Veganerin und Vegetarierin hätte ich zu wenig Essen, eine Unitarierin müsste ich fragen, was eine Unitarierin eigentlich ist und mir dann stundenlang die Erklärung anhören. Eine Marsianerin wäre aus Prinzip gruselig. Egal. Gleich war es 20 Uhr und ich musste Richtung Haltestelle. Auch wenn dort keine Bahn exakt um diese Zeit hält – aber als Marsianierin könnte sie bestimmt auch per Teleportation dorthin kommen.

Ich näherte mich dem Wartehäuschen und sah sie dort sitzen, den Kopf nach hinten an die Rückwand gelehnt mit Kopfhörern in den Ohren. Die letzten Meter überlegte ich mir, was wohl das perfekte Lied für diesen Moment wäre und ob sie es möglicherweise gerade im Ohr hatte. Ihr Kopf fiel langsam nach rechts und ihre Augen wanderten langsam von meinen Füßen über den Körper bis hin zu meinen Augen. Wäre das wörtlich gemeint, wäre das echt gruselig gewesen. Sie lächelte mich an und zog sich die Stöpsel aus den Ohren.

Sie: »Hier hält gar keine Bahn um 20 Uhr.«

Scheiße. Marsianerin.

Ich: »Aber hätte ich gesagt, dass wir uns um 19 Uhr 53 treffen, würdest du mich wohl für verrückt halten.«
Sie: »Keine Sorge, das kriegst du auch ganz gut ohne Uhrzeiten hin.«

Mit diesen Worten hakte sie sich bei mir ein und wir liefen zu mir. Ein wenig mulmig war mir schon, so ein General für zu Hause wäre ganz gut gewesen, einer, der das Eisbrechen für mich übernahm, wie er es schon in der Bahn tat. Blöderweise fuhr meine Wohnung keine Kurven, aber ein Argument für den Kauf eines Wohnwagens hätte ich somit auf jeden Fall gehabt. Andererseits wäre eine WG in einem Wohnwagen mit einem alten Mann ganz schön seltsam.

Nachdem wir unsere Schuhe im Flur ausgezogen hatten, zeigte ich ihr meine Wohnung, ehe wir uns der Küche zuwandten und das erste Bier des Abends öffneten. Sie nahm Platz auf dem Gegenüber-von-meinem-Stammplatz-Platz. Hierarchisch gliederte sie sich prima in meine habitable Zone ein, sozusagen als Satellit meiner selbst innerhalb meines Universums. Das gefiel mir, auch wenn ich immer noch nicht wusste, wie sie hieß. Aber in diesem Moment konnte mir kaum etwas egaler sein, wir verstanden uns auch so, ohne gleich so intime Dinge wie Namen auszutauschen.

Unser Gespräch war so richtig in Fahrt und das zweite Bier mittlerweile fast leer, als ich ihr vorschlug, dass wir doch langsam mal an das Essen denken könnten, ich würde auch für sie kochen.

Sie: »Brauchst du Hilfe oder kriegst du das hin?«
Ich: »Mach dir darüber mal keine Sorgen, ich kann voll gut kochen. (Leute, ich sage das jetzt in Klammern, damit sie das nicht hört – ich kann natürlich immer noch nicht kochen, aber das muss sie ja nicht wissen!)«
Sie: »Hast du gerade in Klammern gesprochen?«
Ich: »Du hast das gehört?«
Sie: »Ja klar, du hast doch gesprochen. In Klammern, aber es war gesprochen.«
Ich: »(Faszinierend.)«
Sie: »Jetzt hör auf mit der Scheiße und mach das Essen.«

Mir entglitt eines dieser Nasenlachen, für die ich immer noch keinen Namen gefunden hatte. Und während ich anfing Zwiebeln zu schälen, schälte sie sich die Distanz vom Leib und stellte sich dicht an meinen Rücken, um auf Zehenspitzen stehend über meine Schulter zu gucken.

»Ich will nur sichergehen, dass du das auch richtig machst. Und außerdem ist es schöner, wenn wir zu zweit weinen.«

Ich: »Dafür, dass wir uns fast gar nicht kennen, ist das eine interessante Methode, um meinen Geborgenheitsbedarf zu stillen.«

Sie: »Ach komm, ich meine, du bist vorhin mit deinem Kopf ziemlich forsch in meinen Schoß geplatzt, da kann ich ja wohl auch mal etwas näher kommen.«

Ich: »Klar, aber zu meiner Verteidigung: Das war die Kurve.«

Sie legte eine Hand auf meinen Bauch und musste lachen.

»Und wie ich gerade merke, hier gibt es auch eine interessante Kurve.«

Ich: »Dieser Bauch wurde gestählt durch jahrelange Huldigung deutscher Braukunst. Der war teuer.«

Sie: »Ich schaue mir das später mal genauer an.«

Mit diesen Worten begab sie sich wieder auf ihren Stuhl und zündete sich eine Zigarette an. Währenddessen merkte ich nicht, dass ich gerade nur noch Luft schnitt.

Wenige Augenblicke später durften die geschnittenen Zwiebeln dem Gyros in der Pfanne Gesellschaft leisten. Auch wenn ich sonst nicht so der große Künstler am Herd war: Metaxa-Soße konnte ich. Logisch, hatte ja auch mit Schnaps zu tun. Und schwer war es auch eigentlich nicht: Soße anrühren, ein Schluck Metaxa in den Topf, ein Schluck Metaxa in den Kopf und anschließend den ganzen Spaß über irgendetwas verteilen. Zum Beispiel eben Gyros. Nachdem ich fachmännisch den Käse über dem Essen verteilt hatte, schob ich diese Gabe Gottes in den Ofen, damit es mit dem Käse überbacken werden konnte. Man sollte eigentlich alles mit Käse überbacken können. Wer mit Käse überbackene Dinge nicht liebt, ist mir schon immer suspekt gewesen. Ich würde sogar das Straßenbahnmädchen mit Käse überbacken, wenn das eine realistische Option wäre und keine Anzeige wegen versuchten Mordes zur Folge gehabt hätte.

IX.

Nach dem Essen verlagerten wir unser Gespräch auf das Sofa, das wievielte Bier dabei vernichtet wurde – keine Ahnung. Genug auf jeden Fall.

In jedem guten Universum gab es Hintergrundrauschen. Deswegen legte ich auch nach und nach meine Lieblingsplatten auf und fragte mich, ob die Erfinder des Plattenspielers nie sowas wie ein Date hatten, dass sie permanent die Seiten wechseln konnten.

Frau: »Ich würde dich gerade echt gern küssen.«
Erfinder des Plattenspielers: »Ok, aber zuerst muss ich auf die B-Seite wechseln.«
»Da sind aber nur noch die Audiokommentare zu den Liedern drauf.«
Erfinder des Plattenspielers: »Mag sein, aber man muss konsequent hinter seiner Erfindung stehen.«

Andererseits waren Errungenschaften wie die CD oder die Kassette in dieser Hinsicht keinen Deut besser. Das Mittelalter zum Beispiel wäre sicherlich deutlich entspannter gewesen, hätte man damals schon Playlists statt Hofnarren gehabt. Eine für das Ritterturnier, eine für die Hexenverbrennung. Auf die Kreuzzüge hätte man seinen MP3-Player mitnehmen können. Oder die Belagerung einer Trutzburg mit einer 48-Stunden-Schlager-Playlist. Wer weiß, wie die Welt heute aussehen würde.

Aber das hier gerade mit dem Straßenbahnmädchen, das war ja kein Date. Wir haben uns eben getroffen, damit ich für Emmy interessanter werden würde und andere Mädchen treffe, während ich sie ignorierte. Wie sie dann überhaupt mitkriegen soll, dass ich andere Mädchen treffe? Nun ja, das war mir in dem Moment noch schleierhaft.

Je später es wurde, umso näher kam sie mir auf dem Sofa, bis ihr Kopf schließlich an meiner Schulter ruhte und ich in Anbetracht des drohenden Endes meiner Platte zum Spieler rüber schaute. Ohne sie aufscheuchen zu müssen würde ich zumindest den Tonarm von der Platte nehmen können, wenigstens etwas. Das hatte aber diese betretene Stille zur Folge, wo man eigentlich nicht viele Optionen hatte außer sich küssen oder, um die Stimmung aufzulockern und sich auf Ewigkeiten aus der Liste potentieller Sexualpartner streichen zu lassen, gepflegt einen fahren lassen. Oder sich totstellen und darauf hoffen, dass der andere etwas unternimmt wie küssen oder einen fahren lassen. Meine Kreativität war in diesem Moment möglicherweise etwas eingeschränkt, um auch andere Vorgehensweisen in Betracht zu ziehen.

Um ehrlich zu sein, war ich sowieso nie der Erste-Schritte-Typ, außer an Ampeln, weil ich es nicht mochte irgendwo zu warten. Für andere Situationen wäre aber eine Erste-Schritte-Souffleuse echt hilfreich. Stelle mir die Umsetzung nur schwierig vor: Da sitzt man mit einem Mädchen auf der Couch und aus dem Fußboden guckt so eine kleine Omi mit Halbmondbrille, an der so eine Kette befestigt ist, damit die Brille nicht von der Nase rutscht. Und wenn ich etwas falsch mache, räuspert sie sich und schüttelt den Kopf, so dass dabei ihre lila Locken wackeln.

Zum Glück war jetzt die Musik aus und wir befanden uns in keinem Film. Perfekt musste es also sowieso nicht werden und auch weiterhin war ich der Meinung, dass es sich hier um kein Date handelte. Einfach ein netter Abend mit dem Straßenbahnmädchen mit Gyros, Bier und einen Kopf an meiner Schulter, der sich zu bewegen begann, so lange, bis sich durch eine blöde Konstellation unserer Lippen im Raumgefüge eben diese trafen.

Klar, es war natürlich schön, aber ich wurde das Gefühl nicht los, dass das Straßenbahnmädchen eventuell ein mieser Trick des öffentlichen Universums war, um mein eigenes zu vernichten und alles zusammenbrechen zu lassen. Und eigentlich war es ja auch gar kein Date. Das Küchenfenster kam mir noch nie so weit weg vor. Ebenso wie die Lösung meines Dilemmas, welche ich dort beim Nachdenken mit Sicherheit gefunden hätte. Aus diesem Grund blieb mir nichts anderes übrig – als bester Küsser meines Universums beschloss ich mein Talent innig mit ihr zu teilen.

X.

Als ich aufwachte, fiel mir ein leerer Kleiderbügel auf dem Schreibtisch auf, der gestern noch nicht dort lag. Weniger überrascht war ich über meinen Zustand, das war eindeutig zu viel Bier gestern. Aus dem Kleiderhaufen auf meinem Stuhl kramte ich einen Pullover hervor und schlüpfte anschließend in meine Lieblingsjogginghose. Vom Straßenbahnmädchen war in meinem Zimmer keine Spur.

Nicht, dass ich misstrauisch war. Aber man weiß ja nie: Ich hob meinen Pulli und das darunterliegende Shirt nach oben. Das Fehlen von Narben verriet mir, dass das Straßenbahnmädchen allem Anschein nach keinen Organhandel betrieb, was mich fürs erste beruhigte.

Im Flur roch es nach Zigarettenqualm gepaart mit Frühstück und ich unterdrückte meinen morgendlichen Drang zu rülpsen, um mich selber beim Tag anzumelden. Um sie nicht zu erschrecken, öffnete ich die Tür langsam und nicht wie bei einer Razzia. Nicht, dass sie sich gerade mit einer Machete rasierte und ich anschließend mit ihr ins Krankenhaus müsste, weil sie sich vor Schreck geritzt hätte.

Sie saß auf dem Stuhl, die Füße auf der Sitzfläche eng an sich herangezogen, während sie eine rauchte und mein Küchenfenster betrachtete. Der leere Bügel machte nun auch Sinn und ich war nicht mal sonderlich sauer, da mein Hemd an ihr tatsächlich gut aussah. Untenrum trug sie aber wenigstens ihre eigene Unterwäsche. Ihre braunen Haare hatte sie zu einem Dutt gebunden.

»Guten Morgen!«, sagte sie mit einem breiten Grinsen, ehe sie ein weiteres Mal an ihrer Zigarette zog.
»Ich hab uns Frühstück gemacht, die Eier waren doch noch gut, oder?«
»Eier, gut, jaja.« entgegnete ich und öffnete den Kühlschrank, um eine Abfolge von Schlucken aus meiner Milchpackung zu trinken.
Ich: »Hast du gut geschlafen?«
Sie: »Phantastisch, ich bin selber überrascht.«
Ich: »Überrascht? Hab ich den Regenwald gefährdet oder im Schlaf geredet?«
Sie: »Quatsch, aber ich bin eine schlechte Auswärtsschläferin. Wenn ich nur eine Nacht irgendwo anders schlafe, dann liege ich eigentlich nur wach rum und kriege kein Auge zu. Der gleiche Scheiß auch, wenn ich neben 'nem Typen schlafe. Klappt echt selten. Vielleicht ist das sowas unterbewusstes, dass ich nicht schlafen kann, so als Warnung, damit ich sofort abhauen kann, falls der Typ mir ein Messer in den Rücken rammen möchte oder Organhandel betreibt.«
Ich: »Ich muss zugeben, ich hab vorhin auch erstmal geprüft, ob meine Nieren noch da sind. Man weiß ja nie. Aber da du gut schlafen konntest, heißt das wohl, dass ich ein echt guter Typ bin. Wäre ich nicht noch so zerknittert von der Nacht, ich würde dir einen Heldenblick schenken.«

Sie: »Schenk dir mal lieber ein Glas ein und mir Gesellschaft, das Rührei wird sonst kalt.«

Vielleicht war es ja doch noch nicht so die blödeste Idee, dass ich Dirk durch das Straßenbahnmädchen ersetzt habe.

Ich: »Eigentlich frühstücke ich gar nicht. Einmal im Monat kaufe ich aber alles, was man für ein englisches Frühstück braucht und plane damit den Startschuss in einen künftigen sinnvollen Tagesrhythmus. Das klappt nur nie.«
Sie: »Ist ja auch nicht schlimm. Und heute ist es ja ganz praktisch, dass du das alles da hattest. Hat sich also auch für mich gelohnt, dass du ab und zu den Glauben in die Unvernunft verlierst.«
Ich: »Den Glauben in die Unvernunft verlieren. Das gefällt mir. Wenn ich mal ein Buch schreibe, dann klaue ich den Satz bestimmt.«
Sie: »Komme ich dann auch drin vor? Die mysteriöse Bekanntschaft aus der Straßenbahn oder so. Und dann eine heiße Sex-Szene. Aber nur, wenn du mich dann als außerordentlich sexy beschreibst.«
Ich: »Dann müsste ich ja wenigstens nicht lügen. Notiz an mich selbst: Das mit den Komplimenten klappt ja doch noch. Aber eine Sex-Szene würde ich wohl nicht schreiben können. Dann liest ja jeder, wie ich mir das so vorstelle und dann halten mich die einen für krank, andere für langweilig und manche wollen das vielleicht genauso auch mit mir erleben. Das wiederum wäre eventuell in Ordnung. Trotzdem, ich glaube, ich würde das weglassen.

Das wäre ja irgendwie, als ob ich dich dann mit allen teile. Zumindest in dieser einen Nacht.«

Sie: »Na gut, wir reden einfach nochmal darüber, wenn du dann wirklich mal ein Buch schreiben solltest.«

Die letzten Reste von Dirks Verwandtschaft wanderten in meinen Rachen und ich fragte mich, ob sich das nicht alles in die falsche Richtung entwickelte – oder war ich für sie eher ein Spaß nebenbei? Ansprechen wollte ich das Thema nicht. Ich hätte es eh nur zerredet.

Nach dem Frühstück gönnte sie sich noch eine Dusche und musste sich dann auf den Weg zu einer Vorlesung machen. So konnte ich mich in Ruhe dem Abwasch widmen und überlegen, was ich heute eigentlich so mache.

Eine halbe Stunde später. Die Teller glänzten wie neu und ich wischte gerade die letzten Tropfen weg, als mein Handy auf der Arbeitsplatte vibrierte. Einmal. Es war Emmy.

XI.

Eine Weile stand ich regungslos da und traute mich nicht, Emmys Nachricht zu öffnen. Hatte sie doch irgendwie etwas mitbekommen? War sie eifersüchtig oder hat sie gemerkt, dass ich ihr fehlte? Aber so lange ignorierte ich sie ja noch gar nicht. Eine vertrackte Situation, die eigentlich recht simpel zu lösen war, musste ich doch nur die Nachricht lesen.

Mit diesem Ruck, den man sich manchmal mit dem inneren Defibrillator geben muss, gab ich meinen Code zum Entsperren des Bildschirmes ein und tippe auf das Symbol, das mich direkt zur Nachricht bringen sollte.

All meine Sorgen waren unberechtigt, wie ich beim Lesen schnell feststellen musste. Sie fragte eigentlich nur, was so geht und ob wir nicht die Tage diese neue Comicverfilmung im Kino sehen wollen. Blöde Tipps aus dem Internet. Ignorieren klappte ja genauso hervorragend wie diese Eifersuchtsnummer.

Dann eben den anderen Tipp befolgen: Für sie da sein, wenn sie was braucht. Und scheinbar brauchte sie mich im Kino, damit sie jemanden hatte zum Anstoßen mit dem überteuerten Bier von der Snackbar und für zu laute Gespräche, während die Werbung noch lief.

Ich antwortete, dass die gleiche Scheiße wie immer ging und dass ich später Karten für den morgigen Abend reserviere. Das fand sie, ihrer zweiten Nachricht nach, voll supi und sie freute sich schon.

Ja, verdammt, ich mich doch auch. Aber anders als du.

Da war sie also wieder. Voll präsent in meinem Kopf, unterrepräsentiert in meinen Armen und generell wohl so drauf wie immer, da wir auch so mal ein paar Tage nichts voneinander hörten. Ob nun geplant oder nicht.

Ich war auch gar nicht so sicher, ob ich ihr vom Straßenbahnmädchen erzählen sollte. Es würde vermutlich genau das gegenteilige Ergebnis dabei rumkommen. So ein herzlicher Glückwunsch und vielleicht wird das ja was, sie trifft sich da ja auch momentan mit jemandem und der ist ja auch recht cool. Dinge, die man in der Situation nicht hören will, aber wohl hören sollte, um nicht zu lange gegen die immer gleiche Wand anzurennen.

Der Tag tröpfelte vor sich hin, ich blendete alles aus und versuchte ein bisschen zu arbeiten, schließlich musste das Geld ja irgendwo herkommen. Meine gesetzte Deadline war 21 Uhr, danach war mal wieder Zeit für eine neue Doku und in den Werbepausen konnte ich meine gewohnten zehn Minuten am Küchenfenster verbringen.

Es liefen eine Panzerdoku und eine über die Möglichkeit des Zeitreisens. Meine Entscheidung fiel auf letztere, damit konnte ich beim nächsten Abend in der Stammkneipe wieder wichtige Gespräche führen, über Vakuums und über Zeitdilatation. Über die Relativität der Gleichzeitigkeit, die sowas besagte wie, dass mehrere Beobachter Ereignisse nicht universell gleichzeitig erleben. Zum Beispiel, wenn einer in den anderen verliebt war und der andere gleichzeitig auch in den einen, aber das trotzdem wann anders. Ich verstand das nicht, aber mit genügend Bier würde ich es genug verstehen, um alle anderen davon zu überzeugen.

In solchen Situationen wäre man gerne noch einmal zwölf. Zumindest in der Zeit, in der ich zwölf war, als es auf diesen Willst-du-mit-mir-gehen-Zetteln nur Ja und Nein gab, kein Vielleicht. Als man durch gezielte Manipulation der Flasche beim Drehen das Mädchen aus der Parallelklasse küssen durfte. Als Beziehungen auf Klassenfahrten begannen und circa drei Tage nach der Rückfahrt endeten. Als man noch nicht wusste, wohin es mal gehen soll, weil man erst mal die nächsten Jahre bis zum Abschluss rumkriegen musste. Als man noch nicht darüber nachdachte, dass man eines Tages an seinem Küchenfenster steht und Sätze mit Worten wie damals und als beginnt.

XII.

Auf dem Weg zum Kino suchte ich mal wieder die Straßen nach Kampfspuren ab. Wobei ich mir nicht sicher war, ob die Drachen gegen die guten Ninjas auch dann gegeneinander kämpfen würden, wenn Emmy und ich gar nicht zusammen nach Hause gingen. Das Fehlen von Spuren bestätigte entweder, dass es die Drachen tatsächlich nicht gab oder, dass sie zuletzt einfach nicht gekämpft hatten.

Von weitem sah ich Emmy mit zwei Flaschen Bier in der Hand vor dem Kino stehen. Ein Bild, welches mir auch vor einem Traualtar gut gefallen hätte. Bitte tauschen Sie nun die Kronkorken.

Sie umarmte mich und ich trug sicherlich auch etwas zur Begrüßung bei, war in dem Moment aber eigentlich mehr erfreut darüber, dass sie mich drückte, ich ihre Haare in meinem Gesicht hatte und sie gleich eine Geschichte erzählte, die passiert ist, seit wir uns das letzte Mal gesehen haben.

Doch vorher mussten wir die reservierten Karten abholen, ehe wir uns draußen vor die Tür setzen und unsere Flaschen öffnen konnten.

Nach dem Anstoßen genehmigte sich Emmy einen großen Schluck aus ihrer Flasche und teilte mir mit, dass das Bier heute schon wieder viel zu gut schmeckte, was für den restlichen Abend nur Schlimmes bedeuten würde.

Emmy: »Wir sollten nach dem Film noch einen Absacker trinken. Ich hab noch was zu Hause, aber wir könnten noch 'ne Runde ins Kloster gehen.«
Ich: »Entscheiden wir dann spontan, würde ich sagen. Aber bevor uns unsere Sitze vermissen, sollten wir auf jeden Fall nochmal dort vorbeischauen. Können danach ja immer noch zu dir.«

Ich war immer der Meinung, dass Kloster als Name für eine Kneipe echt perfekt passte. Meine Eltern hielten mich bestimmt für einen Vorzeige-Sohn, so oft wie ich ins Kloster ging.

Emmy: »Was ging die letzten Tage bei dir? Wieder nur Dokus oder auch mal was Sinnvolles?«
Ich: »Naja, bin Straßenbahn gefahren, hab Pfand weggebracht, Dirk umgebracht und mich mit Zeitreisen beschäftigt. Also total sinnvoll, würde ich sagen.«
Emmy: »Nicht dein Ernst? Wieso rufst du nicht an, ich wäre zu Dirks Beerdigung gekommen.«
Ich: »Noch hab ich den Müllbeutel nicht runtergebracht. Wir können den gerne gemeinsam in die Tonne hauen und danach im Kloster um Vergebung unserer Sünden bitten.«
Emmy: »Läuft. Und jetzt trink mal aus, ich will noch die Trailer vor dem Film sehen!«

Wir stellten unsere Flaschen neben einen Mülleimer und schlenderten anschließend ins Kino. Wie immer mussten wir an der Snackbar überlegen, ob es sinnvoller war, wenn wir direkt zwei Bier pro Person nehmen würden. Die Diskussion war unabhängig von der Länge des Films. Der wichtige Faktor war, wie wichtig er war und ob man sich erlauben konnte zwischendrin mal aufs Klo zu verschwinden. Meistens beantworteten wir die Frage mit Nein, fanden uns aber anschließend trotzdem mit zwei Bier pro Person im Kinosaal wieder. Konsequent inkonsequent.

Der Film war in Ordnung, aber mal wieder ein klassisches Beispiel dafür, dass viel zu viele Marketingabteilungen der Meinung sind, man müsse die besten Szenen schon alle im Trailer zeigen. Das ist so, als würde man einem Kind die besten Momente seines Lebens zeigen und es danach in die weite Welt schicken, um alles dazwischen mit Belanglosigkeit zu füllen. Andererseits machte man das ja auch, wenn man die besten Momente nicht schon vorher kannte.

Irgendwie war es erstaunlich: Man hat den Film zwar zusammen gesehen, muss sich anschließend aber immer die besten Szenen noch einmal vorbeten, als wäre der andere nicht dabei gewesen. Keine Ahnung warum, aber ich habe trotzdem immer mitgemacht. Dass man dabei permanent falsch zitierte – geschenkt. Es ging ja auch irgendwo darum sich gegenseitig Geschichten zu erzählen, die der andere bereits kannte und die ihn an eine andere Geschichte erinnerten und so weiter. Wie immer also, wenn wir im Kloster saßen und die Striche auf unseren Deckeln sich schneller vermehrten als Mäuse auf dem Dachboden eines Bauernhofs.

Diesmal wollten wir aber maximal zwei Bier im Kloster trinken, vielleicht noch einen Schnaps, und dann weiter zu Emmy, um ihren Kühlschrank zu leeren.

Wäre das Leben ein deutscher Independent-Film, dann wären die Lichter der Stadt vermutlich verschwommen. Sie stellen sich nach einigen Augenblicken scharf und man sieht uns dann in der Kneipe sitzen. Da ein ruhiges Lied einer Rockband als musikalische Untermalung läuft und sämtliche Geräusche ausgeblendet sind, würden unsere Bewegungen wie in Zeitlupe wirken. Ein ausgelassenes Lachen hier, ein Boxen auf den Oberarm des anderen dort. Anschließend wird das Leeren mehrerer Gläser schnell aneinandergeschnitten, so dass man immer nur den letzten Schluck sieht und wie wir das Glas abstellen. Die Kamera verharrt auf den leeren Gläsern und wir stehen auf, nehmen unsere Jacken und gehen zur Tür. In der nächsten Einstellung könnte man die Straße sehen, wir kommen von hinter der Kamera hervor und laufen an ihr vorbei und während wir langsam in der Stadt verschwinden, erhebt sich die Kamera in den Nachthimmel und zeigt die Stadt von oben, dabei klingt das Lied langsam aus.

Da das Leben aber nun mal kein solcher Film war, wurde unser Abend wieder mit den leeren Gesprächen gefüllt, die für uns einen Abend lang wichtiger nicht sein könnten und man sich wünschte, der Tag wäre ein paar Stunden länger – oder auch 60 Jahre.

Als wir später auf ihrer Couch saßen, wich unsere Eloquenz einer Art sprachlichem Zufallsgenerator und ich wusste, dass ich bald aufbrechen sollte, um zumindest noch halbwegs gerade Linien laufen zu können. Doch noch bevor ich diesen Plan umsetzen durfte, erinnerte mich Emmy daran, dass ich ihr kürzlich zugesagt hatte am Wochenende bei ihrer Geburtstagsparty für die Musik zu sorgen. Da war ja was. Endlich wieder eine sinnvolle Aufgabe für die nächsten Tage. Einen perfekten Soundtrack für einen ganzen Abend finden. Auf sowas stand ich total. Playlisten erstellen für die unterschiedlichsten Anlässe und dabei feststellen, dass man ungefähr 80 Prozent der Lieder scheinbar für jeden erdenklichen Anlass passend fand.

Ich verabschiedete mich von Emmy und machte mich auf die Odyssee Richtung Wohnung. Diesmal war ich etwas zu voll, um auf dem Heimweg über wichtige Dinge nachzudenken. Deswegen kramte ich meine Kopfhörer aus der Innentasche hervor, machte meine Heimweg-Playlist an und lief so durch die Nacht, wie ich mir einen filmreifen Heimweg eben vorstellen würde.

XIII.

Ich wollte eigentlich gar nichts haben, aber manchmal muss man trotzdem einfach zum Supermarkt gehen, um ein Leben außerhalb seiner eigenen vier Wände zu simulieren. Frische Luft war oftmals auch eine wahre Wohltat, wenn man die Nacht zuvor mehr Bier als Sauerstoff inhaliert hat.

Vor der Tür bot sich das übliche Bild wie immer, eine latente Traurigkeit der Großstadt bei Regenfall, aufgelockert durch Kinder, die mit ihren Gummistiefeln freudig in jede Pfütze sprangen und ihre Mütter und Väter verzweifeln ließen. An der Ampel stand ein Mädchen mit nassem Gesicht und wartete auf das grüne Signal, welches ihr erlaubte die Straße zu überqueren. Als ein Auto etwas unsanft über die Kreuzung donnerte und der großen Wasseransammlung am Rand zum Bürgersteig möglicherweise beabsichtigt nicht auswich, wurden sie und ihr Gesicht noch einmal deutlich nasser. Ausdruckslos starrte ich zu ihr herüber und ihre Arme hingen nach der unerwünschten Dusche nun genauso demotiviert und resigniert herunter wie ihr feuchtes Haar, welches in ihrem Gesicht klebte.

In der Luft hing das Hintergrundrauschen der Stadt, das nachts beängstigend pausiert und man sich nie erinnert, ab wann es eigentlich ruhig wurde. Heute war ein Tag, an dem man kein Wort sagte und nur aus diesem Grund plötzlich seinem eigenen Spiegelbild eine Weisheit mit auf den Weg gab oder dem Kühlschrank vor dem Öffnen gut zuredete, damit der Inhalt vielleicht etwas vielversprechender aussieht als noch fünf Minuten zuvor.

Statt mit der Bahn zu fahren, wollte ich heute den Weg zum Supermarkt laufen. Denn Tage wie diese eigneten sich gut für die Gedanken, die unwichtig genug für das Küchenfenster waren, aber trotzdem gedacht werden mussten, weil sie einem sonst noch tagelang Kapazitäten im Gehirn klauten. So dachte ich über das besetzte Nachkriegsösterreich nach. Darüber, wer sich eigentlich den Namen für Phenylalanin ausgedacht hatte und darüber, ob das Pferd Pferd hieß, weil es mit der pferdammten Namenssuche noch nicht pferdig war, als das Patentamt schloss. Und entsorgte man ausgediente Papiertonnen in der Plastiktonne? War Zwölfenbein wertvoller als Elfenbein und gibt es das überhaupt? Wenn jemand mitbekommen würde, worüber ich nachdachte und es nicht verstand – war ich dann verrückt oder er?

Wie auch immer. Da stand ich nun im Supermarkt und da ich eigentlich nichts brauchte, konnte ich eigentlich auch direkt zur Kasse und wieder nach draußen. Dass dabei jedes Mal durch einen Fehler im Raum-Zeit-Kontinuum ein Sechserträger Bier in meinem Einkaufskorb landete, nun, das war selbst für mich immer eines der größten Rätsel des öffentlichen oder möglicherweise meines Universums gewesen.

Supermärkten wohnte generell eine seltsame Magie inne. Gerade in Hinblick auf mein Sozial- und Kaufverhalten. Das äußerte sich zum Beispiel dann, wenn ich mal wieder Single war und einkaufen ging.

Man machte sich da ja auch Gedanken darüber, dass man möglicherweise neben Pizza und Käse auch seine künftige Ehefrau von dort mitnehmen könne. Nur war mir noch schleierhaft, wie genau das ablaufen sollte. Ich habe das alles einst in einer Studie festgehalten, also ich ging mehrfach als Single einkaufen.

Erste Beobachtung: Ich wurde nie angelächelt, wenn ich kontaktfreudig durch die Gänge schlenderte. Es sei denn, ich hatte Alkohol in der Hand. Plötzlich wurde ich von allen Seiten angegrinst (Notiere: Möglicher Grund für meinen übermäßigen Bierkonsum eventuell gefunden). Dieses Phänomen könnte auf der Fehlannahme fußen, dass man mir Mut zulächeln wollte, da wieder bessere Zeiten kommen würden und auch schon andere den Alkoholismus besiegt haben oder sie von ihm besiegt wurden, aber da sie besoffen waren, fühlte es sich zumindest cool an. Eine andere Möglichkeit wäre, dass sie angesprochen werden wollten, damit wir die Flasche Wein oder den Kasten Bier gemeinsam in meiner Badewanne trinken können. Dabei hatte ich gar keine. Um genau zu sein, war mein Bad tatsächlich so klein, dass ich schon häufiger mein Bein zwischen Tür und Toilette einklemmte.

Zweite Beobachtung: Die Kacke-eine-Traumfrau-ist-im-selben-Supermarkt-wie-ich-Nahrungsumstellung. Sie brachte nie etwas. Nie. Immer wenn ich hierher kam, dann blickte ich als erstes in Richtung Kasse. Saßen da mal wieder ausschließlich die Jungs, dann konnte ich denselben Scheiß wie immer kaufen. Tiefkühl-Tortellini, Pizza, Cola, Chips, Alkohol, um gegebenenfalls angelächelt zu werden, ein Fußballmagazin und Gummibärchen. Wenn an der Kasse aber doch mal eine Traumfrau saß oder ich beim Reingehen eine in den Gängen erblickte, kaufte ich immer so Quatsch wie Bananen, Äpfel, Eier, Brot, Wasser, Saft. Und nie kam eine zu mir an und meinte etwas in die Richtung: Du lebst ja voll gesund, lass mal heiraten!

Dritte Beobachtung: Da ich durch meine Supermarkterfahrung mit der Zeit feststellte, dass eine Traumfrau zumindest hier beim Einkaufen nicht meine Liga war, versuchte ich den anderen Frauen im Markt etwas abzugewinnen. Das ging so lange gut, bis sie im Gang den Pulli aus dem Sonderangebot ausprobiert haben und dann noch die Kassierer kannten. Das war gruselig.

Den Supermarkt wechseln, nur um möglicherweise doch noch irgendwo die richtige Frau zwischen Tiefkühlregal und Soßenbindern zu finden? Das zog ich nie in Betracht. Einerseits aus geographischer Bequemlichkeit, andererseits hatte ich ja Emmy. Also eigentlich auch nicht. Aber im Kopf, oder kitschig im Herz. Oder in jedem Liter Bier, den ich mir mit ihr reinschraubte.

Nach dem Zahlen machte ich mich wieder auf den Weg nach Hause. Hätte ich den Multivitaminsaft erfunden, dachte ich mir aus irgendeinem nicht nachvollziehbaren Grund, hätte ich ihn Mutti-Vitaminsaft genannt – den Mutter aller Säfte. Oder das Mutter? Die? Eigentlich auch unerheblich, ich hatte ihn ja nicht erfunden und Bier schmeckte sowieso besser.

XIV.

Heute stand Emmys Party an. Es waren mal wieder viele unserer gemeinsamen Freunde eingeladen, genauso aber auch ihre alten Schulfreunde oder andere für mich unbekannte Menschen. Solche Partys mochte ich immer ganz gerne, wenn man so wenige Leute wie möglich dort kannte. Das gab einem die Gelegenheit sich eine Geheimidentität zuzulegen – oder mehrere. So gehörten also immer mehrere Vor- und Nachnamen inklusive Grundrisse verschiedener realistischer Biografien zu meinem Repertoire. Gerade auf Partys wollte ich so wenig Spuren wie möglich hinterlassen.

Person A: »Erinnerst du dich an den Typen aus Berlin? Michael, der Medizinstudent? Der konnte ja mal überhaupt nicht tanzen! Selten so einen Bewegungslegastheniker gesehen.«

Person B: »Komisch, mit dem habe ich nicht gesprochen, aber auf dem Balkon hing auch immer mal so ein ganz Seltsamer rum. Weiß nicht mehr wie er hieß, aber glaub der kommt aus der Ecke Braunschweig.«

Person C: »Haha, wie langweilig, ich hab mich dafür mit einem aus 'nem schottischen Adelsgeschlecht unterhalten. Der konnte echt erstaunlich gut Deutsch.«

So ungefähr. Nur durfte man dann nicht mit zu vielen verschiedenen Fremden reden, sonst vergaß man mit der Zeit, wer man für wen eigentlich war und musste sich fragen, wer man selbst eigentlich sein wollte, wenn es wieder nach Hause geht. Andererseits ging mir das auch auf den Partys immer so, auf denen ich mal ich selbst war.

Ich öffnete mir ein Bier, holte den Plattenteller vom Regal und stellte ihn auf dem Boden ab. Mitsamt meiner Plattensammlung setzte ich mich daneben und sortierte sie feinsäuberlich auf insgesamt drei Stapeln: Ja, Nein, Vielleicht. Ein wenig musste ich lachen. Wie war das nochmal mit dem zwölf sein, als es die Vielleicht-Option noch gar nicht gab? Damals gab es aber auch noch keine Rückenprobleme, die das Schleppen zu vieler Platten verursacht hätte. Vom wachsenden Vielleicht-Stapel hörte ich immer mal wieder eine der Scheiben an – für den Fall, dass sich darauf doch eine Perle befand, die man als partytauglich bezeichnen konnte. Natürlich hatte ich mir ausreichend Zeit für meine Auswahl gelassen und die Playlist, die ich auf dem Laptop hatte, war bereits vorbereitet. Doch irgendwie dauerte das Durchsuchen und –hören des Vielleicht-Stapels immer länger als geplant. Lag vielleicht auch daran, dass man so manches für den Nein-Stapel vorgesehene Schmuckstück auch noch für ein paar Minuten auf dem Plattenteller rotieren lassen wollte. Weil die Songs zu langsam oder zu langweilig waren, um auf einer Party für Tanzstimmung zu sorgen, oder weil die Band so unbekannt war, dass ich selber nicht mehr wirklich rekonstruieren konnte, warum ich mir die Platte einst überhaupt bestellt hatte.

Eine weitere Platte wanderte vom Vielleicht- auf den Ja-Stapel, nachdem ich ihr beim Hören eine zweite Chance gegeben hatte. Die eintretende Stille wurde durchbrochen von meiner Uhr im Wohnzimmer, die ich für Gäste eigentlich immer abnehme, damit sie das unerträgliche Ticken nicht hören mussten, das ihnen verdeutlichte, wieviel Zeit sie mit und bei mir verschwendet hatten. Ich lugte herüber und riss erschrocken die Augen auf. Wenngleich Emmy mich sowieso etwas früher da haben wollte, damit wir in Ruhe aufbauen können, so musste ich ja nicht da schon zu spät kommen. Verlässlichkeit zeigen, für sie da sein, das war ja, was dieser eine Tipp von mir wollte.

In meinen Plattenkoffer packte ich die auserwählten Tonträger, den Laptop verstaute ich in meinem Rucksack und bevor ich meine Wohnung verließ, kontrollierten meine Augen noch einmal das Wohnzimmer, damit ich später nicht wegen eines fehlenden Kabels Emmys leicht sympathische Grundpanik zu einem Nahtoderlebnis werden ließ.

Apropos leicht sympathische Grundpanik: während ich zur Straßenbahn lief, kam mir eines der vielen Tresengespräche mit Emmy in den Sinn:

Emmy: »Weißte was scheiße wär? Wenn die das Kloster zumachen und wir plötzlich inne andere Kneipe gehen müssten. Oder wenn Bier verboten wird. Super-GAU. Dann hätten wir ja gar keinen Grund mehr uns weiter zu kennen.«

Ich: »Manchmal bist du echt herzallerliebst. Aber vielleicht ertrage ich genau das tatsächlich nur mit Bier. Nichts für ungut. Wenn ich ehrlich bin, dann bist du ja auch ohne Bier ganz erträglich.«

Emmy: »Also ich würde mich dann freundschaftlich schon umorientieren.«

Ich: »Wow. Ein seltenes Naturereignis wie ein Kompliment aus meinem Mund und du rülpst mir mit Vollbart und Holzfällerhemd ins Gesicht. Ernst sein ist noch nie dein Ding gewesen, 'ne?«

Emmy: »Ich bin nie Ernst gewesen, ich war schon immer Emmy. Okay, vielleicht war das ja wirklich ein kleines bisschen nett von dir. Aber weißt du, ich mag einfach den Status Quo, Dinge in meinem Umfeld sollen sich nicht verändern, außer ich selbst natürlich. Ich plädiere für ein ewiges Kloster, stabile Beziehungen, intakte Familien und Studiengänge mit fünfzig Semestern Regelstudienzeit. Das Sterben würde ich aber nicht abschaffen wollen. Irgendwann wäre dann kein Platz mehr auf der Welt, überall Ellenbogengesellschaften und Sozialpogo. Natürlich bin ich selber unsterblich, trotzdem werde ich in vielen Jahren einfach verschwinden, weg sein, niemand wird wieder von mir hören. Aber gestorben werde ich nicht sein. Nur weg.«

Ich: »Wenn all deine Bekannten gestorben sind, wird es doch langweilig, wieso denn dann Unsterblichkeit?«

Emmy: »Ich kann mir nichts anderes vorstellen, als dass ich unsterblich bin. Wenn ich irgendwann nicht mehr aufwache, dann weiß ich doch nicht, dass ich nicht mehr aufwache. Wie soll man denn sterben, wenn man selber nicht mal weiß, dass man gestorben ist? Das wäre doch unfair.«

Ich: »Kann sein. Ja. Kinder fahren mit Stützrädern Fahrrad, weil sie Panik vorm Umkippen haben. Und du hast Panik davor, dass du beim Umkippen nicht weißt, dass du umkippst und nie wieder aufstehst. Verstehe schon.«

Emmy: »Schwachkopf. Geh lieber Bier holen.«

Mit dem Gedanken ihrer Unsterblichkeit konnte ich mich an sich ja ganz gut anfreunden, ein bisschen zumindest. Betrachtet man das aber mal genauer und Emmy wäre die einzige Person auf der Welt, die unsterblich war, dann könnte sie in den nächsten 5000 Jahren unzählige Beziehungen führen, nur eben nicht mit mir. Vermutlich lag genau da meine leicht sympathische Grundpanik.

Ihr Türsummer ermöglichte mir das Aufstoßen der Haustür und ich schob mich in den Eingangsbereich. Bei den Briefkästen hing einer dieser handgeschrieben Zettel, auf denen man sich vorab bei den Nachbarn entschuldigte und beteuerte, dass man natürlich auf die Lautstärke achten wird, obwohl man schon längst wusste, dass die folgende Eskalation mehrerer Freundeskreise noch für Wochen belustigen und beschäftigen wird.

Ihre Wohnungstür stand bereits offen, als ich die letzten Treppen erklomm und mich in ihren Flur begab. Aus dem Bad tönten eine Begrüßung und die Versicherung, dass sie sofort fertig sei, ich aber ruhig schon alles ins Wohnzimmer bringen könnte. Bier wäre im Kühlschrank und ich solle ihr direkt eins mitbringen.

Erleichtert parkte ich mein Gepäck auf dem frisch gewischten Boden. Schade eigentlich, dachte ich, da gab sie sich solche Mühe, um die Wohnung in einen vorzeigbaren Zustand zu versetzen und nachher trampeln hier haufenweise Füße ohne würdigenden Blick durch die Bude und am nächsten Tag müsste sowieso wieder geputzt werden. Aus dem Kühlschrank schnappte ich mir zwei Bier und öffnete sie mit dem erstbesten Feuerzeug, das ich in der Küche finden konnte. Nach einem ersten heimlichen Schluck – schließlich trinkt man nicht, ohne vorher angestoßen zu haben – richtete ich meine Musikecke ein und durchstöberte meine Kiste nach einer geeigneten Platte, die man bis zum Eintreffen der Gäste durchlaufen lassen konnte.

Als die Nadel mit diesem sexy Geräusch verkündete, dass sie das Vinyl berührte, schwang die Badtür auf und Emmy kam freudestrahlend ins Wohnzimmer. Sie sah umwerfend aus. Quasi wie immer, nur heute hatte sie es zur Abwechslung mal bewusst gemacht. Wir umarmten uns zur Begrüßung und stießen an. »Das wird ein guter Abend«, versicherte sie mir, bevor sie einen großen Schluck aus der Flasche nahm. Hoffe ich doch, dachte ich mir, während mein Blick beiläufig ihre betonende Kleidung streifte.

XV.

Langsam wurde es voller. Die richtigen Hits hatte ich noch nicht ausgepackt, die wollte ich lieber für die Stunden nach 0 Uhr aufheben, nachdem aus mehreren Kehlen ein unfassbar schiefes Geburtstagslied erklang und keiner mehr auf genau diesen Moment warten musste.

Hier an der Musik konnte ich prima Kontakt mit fremden Menschen vermeiden. Trotzdem hatte ich für den Notfall ein paar Identitäten für heute parat, man wusste ja nie, wer so kommt und was von mir wollte. Im Krach ertönte die Türklingel und ich zog mir meinen Kopfhörer über die Ohren, um einen passenden Übergang zum nächsten Lied zu finden. Aus dem Flur konnte man Freude über ein Wiedersehen hören. Und Vorfreude auf eine hoffentlich erinnerungswürdige Party. Emmy hüpfte überglücklich ins Wohnzimmer und direkt auf mich zu.

»Alter, ich muss dir mal ein paar Freundinnen vorstellen. Die sind grad gekommen, obwohl sie vorher eigentlich abgesagt hatten. Das sind Theresa, Lea und Hannah.«

Ich tat so, als würde ich mich auch total darüber freuen, dass Menschen, die ich noch nie im Leben gesehen hatte und vermutlich nie wiedersehen würde, doch noch ihren Weg zur Party gefunden haben und mir unbedingt vorgestellt werden mussten. Als die drei durch die Tür traten, wich meine aufgesetzte Freude dem wahren Schock und der Gewissheit, dass das Straßenbahnmädchen scheinbar Theresa, Lea oder Hannah hieß und auch noch mit Emmy befreundet war.

Emmy winkte alle drei zu mir herüber und das dreifache Lächeln ließ sich schnell unterteilen in zweimal ohne alles und einmal mit Wissen, Mais und Tzatziki. Also sie stank nicht oder sowas, aber etwas Besseres als ein Dönervergleich fiel mir in diesem Moment einfach nicht ein. Mir war sofort klar, dass wenn das Straßenbahnmädchen Emmy kennt und ihr noch nicht vom seltsamen Straßenbahnjungen erzählt hatte, dann wird sie heute ein paar Worte darüber verlieren. Wie witzig es doch sei, dass der Typ von letztens mit ihr befreundet ist und sowas. Emmy würde natürlich zu mir kommen und mit einem High Five oder einer Faust signalisieren, dass sie sich für mich freut und ich ruhig etwas hätte sagen können. Und ich wollte ihr ja eigentlich etwas sagen. So viel. So viel Falsches. So viel Richtiges. So viel Grundlegendes. Und doch sagte ich immer viel zu wenig.

Artig schüttelte ich die Hände der drei, wobei sich diejenige, die mir als Lea vorgestellt wurde, ein Zwinkern nicht verkneifen konnte. Das war also der Name vom Straßenbahnmädchen, welches ich in der Nacht liebte, in der ich erfolgreich ausblendete, dass ich Emmy liebte. Das öffentliche Universum ist vermutlich so sadistisch oder machthungrig, dass es mein Privat-Universum allem Anschein nach ins Chaos stürzen wollte. Toll hingekriegt, Universum. Und das an einem Abend, an dem ich mich nicht wehren konnte. Ich war schließlich gefangen in der Musikecke.

»Emmy, kannst du mir vielleicht noch ein Bier bringen?«, fragte ich, um sie zumindest für eine halbe Minute von Lea zu entfernen. Theresa und Hannah folgten Emmy zur Küche, Lea wandte sich lächelnd an mich.

»Hätte nicht gedacht dich hier zu treffen. Dachte, ich sehe dich nochmal in der Bahn nach ... na du weißt, was ich meine.«
Ich: »Ja ... ja, ich hatte keine Zeit Bahn zu fahren. Musste doch die Musik für heute vorbereiten und einkaufen.«
Lea: »Genau, das dauert ja auch immer ein paar Tage«, lachte sie und ich versuchte ihr zumindest ein Grinsen zu schenken.

Emmy und die anderen kamen aus der Küche zurück. Sie stellte das Bier neben meinem Laptop ab. Wie es sich gehört, bedankte ich mich artig und musste wortlos mit ansehen, wie sie gemeinsam mit Lea in Richtung Balkon verschwand. Man könnte es wie einen Unfall aussehen lassen, dass mein Bier statt auf den Boden zu fallen an ihren Hinterkopf fällt und sie somit außer Gefecht zu setzen. Doch erstens wollte ich Emmy auf keine Weise wehtun und zweitens hatte ich noch keinen Weg gefunden, mit dem ich physikalische Gesetzmäßigkeiten außer Kraft setzen konnte. Vielleicht würde es helfen, wenn ich doch schon vor 0 Uhr die gute Musik auspacke. Oder aber ...

Zum Glück dachte ich an mehrere zwanzigminütige Mixe, die ursprünglich eventuelle längere Anstehzeiten vor der Toilette überbrücken sollten. Ich ließ das aktuelle Lied langsam ausfaden und zog den Regler auf den anderen Kanal. Irgendein Charts-Mix des letzten Quartals in einer Art Dance-Remix. Damit blieb mir genug Zeit für Balkonspionage. Manchmal wäre man gerne ein guter Ninja. Das hätte aber auch wiederum Kämpfe gegen Drachen zur Folge. Sowas verkomplizierte Dinge in den meisten Fällen. Für jetzt musste mir die Ausrede, ich wolle nur kurz frische Luft schnappen, reichen.

Ich schnappte mir die Flasche neben meinem Laptop und machte mich auf den Weg zum Balkon. Nur mal kurz hören, worüber Emmy und Lea so redeten, danach die Schlange vorm Klo angucken. Mehr nicht. Zwanzig Minuten. Das musste reichen.

»Na, gönnste dir 'ne kleine Pause?«

Hannah tippte mir auf die Schulter, während sie diese Worte sprach und mein überaus genialer Plan aus den Fugen geriet, da ich solche Eventualitäten nicht berücksichtig hatte. Ignorieren ging nicht, das konnte ich diesen riesigen blauen Augen nicht antun, die unter der wilden blonden Mähne hervorlugten und mich erwartungsvoll betrachteten.

»Joa, mal gucken was so geht. Und du so?«

Hannah: »Ich suche jemanden, der mit mir 'nen Schnaps trinkt. Haste nicht Lust? Gibt ja genug, hab Kräuter gesehen, Klaren, Pfeffi, na?«

Ihr freudenstrahlendes Gesicht war an sich nicht zu verachten, doch die Tatsache, dass diese Freude von der guten Schnapsauswahl herrührte, verlieh Hannahs Blick gleichzeitig eine seltsame Irre.

»Okay, warum nicht, worauf hast du denn Bock?«
Hannah: »Auf Ficken!«
Ich: »Wie bitte? Auf was hast ... hab ich das gerade? Ich dachte ...«

Hannah prustete los, ehe sie antworten konnte.

Hannah: »Sorry, das wollte ich schon immer mal sagen. Keine Sorge, so heißt der Schnaps. Alles gut.«

Zugegeben, ich war gleichermaßen beruhigt und enttäuscht. Gemeinsam gingen wir in die Küche, wo bereits drei andere den Getränkevorrat fachmännisch analysierten. Von Emmys Küche war ich immer wieder erstaunt. Sie war nun wahrlich keine gute Köchin und würde, sofern es denn ginge, definitiv einer der Pizza gewidmeten Kirche beitreten oder gar vorstehen. Nichtsdestotrotz hatte sie eine enorme Auswahl an Geräten und Gewürzen, alles fein säuberlich aufgereiht auf der Eiche-Arbeitsplatte auf der linken Seite der Küche. Gegenüber davon befand sich ihr freistehender Kühlschrank und ihr Tisch, vor dem die drei Schnaps-Philosophen die Vor- und Nachteile der einzelnen dort stehenden Schnäpse diskutierten. Hannah erleichterte ihnen die Wahl, indem sie das Angebot um eine Flasche verringerte.

Während sie uns einschenkte, lehnte ich mich an die Arbeitsplatte und verschränkte meine Arme. Mir wurde klar, dass ich in Kürze erneut so einen 20-Minuten-Partymix einwerfen musste. Den jetzigen konnte ich mir immerhin mit Hannah schön saufen. Wir jagten den Schnaps unsere Kehlen hinunter und schickten direkt eine Ladung Bier zum Nachspülen hinterher.

Hannah: »Und was machst du so, wenn du nicht gerade den DJ auf Partys machst? Kennst du Emmy vom Studium oder woanders her?«

Ich: »Sie hatte mich mal nach einer Lesung angesprochen. Hat sie das gar nicht erzählt?«, Hannah schüttelte verneinend den Kopf. »Schade. Jedenfalls hatte ich einen Auftritt und stellte mein neuestes Buch vor. Scheint ihr gefallen zu haben.«

Hannah: »Ach krass, du bist Schriftsteller? Geil, kennt man was von dir?«

Ich: »Wahrscheinlich nicht, das sind ziemlich vertrackte und avantgardistische Kunstbücher. Verkauft sich kaum, aber so ist mein Leserkreis wenigstens exklusiv.«

Hannah: »Worüber schreibst du denn so?«

Ich: »Alles Mögliche eigentlich. Aktuell schreibe ich ein Kochbuch für Kannibalen mit dem Titel ›Anthropophagie für Eigenbrötler – Wie auch dem Misanthropen die Gesellschaft schmackhaft wird‹. Davor hab ich mich mit der japanischen Teppichmesserindustrie befasst. Und mit Verschwörungstheorien. Da fahre ich voll drauf ab.«

Während meiner Worte füllte Hannah eine weitere Runde. Ich war mir nicht sicher, ob sie überhaupt zuhörte oder ob meine ausgedachte Geschichte diesmal doch etwas zu weit ging. Wir exten die zweite Runde und sie beteuerte, dass was ich gesagt habe voll cool sei. Dennoch musste ich zurück zur Musik.

XVI.

Mittlerweile war es kurz nach 0 Uhr und um Emmy bildete sich ein Menschenauflauf, bei dem jeder Fußballschiedsrichter vermutlich explodiert wäre. Ob man einen Menschenauflauf auch mit Käse überbacken könnte? Wie auch immer. Aus dem Internet suchte ich fix einen Happy Birthday-Mix, um mich ebenfalls in den erlesenen Kreis der Gratulanten einreihen zu können. Da aber jeder für gewöhnlich darauf bestand, dass sein Geschenk auch sofort geöffnet werden müsse, weil man ja noch die total witzige Geschichte dazu erzählen muss, mit der man eigentlich nur sagt: Ich dachte bei dem Geschenk ja schon an dich, aber mehr war dann ja doch nicht drin als ein blöder Witz. Zum Beispiel Sekundenkleber, damit das Leben nicht mehr aus den Fugen gerät. Oder grüne Fingermalfarbe, um sich den grünen Daumen selber zu basteln. Schließlich ist der Koriander im Fensterbrett letzten Sommer nicht über das Kindesalter hinaus gekommen. Auch eine Variante: Lustige T-Shirts mit einem Fotoaufdruck vom letzten Absturz. Haha. Wird bestimmt bei jeder Gelegenheit getragen – beim Date, auf Arbeit oder bei der Verhandlung über einen Kredit für den Start in die ersehnte Selbstständigkeit.

Ich kam an die Reihe, drückte sie herzlich und überreichte ihr einen länglichen Karton.

»Brauchste aber nicht direkt aufmachen, sonst kommen wir ja nie vorwärts«, sagte ich in Anbetracht der noch nach mir folgenden Gratulanten.

Emmy: »Verrätst du denn wenigstens, was drin ist?«

Ich: »Ein Lockenstab.«

Emmy: »Was soll ich denn mit einem Lockenstab? Du weißt doch, dass ich keine Locken mag. Oder verarschst du mich gerade?«

Ich: »Nein, der ist ja nicht nur für Locken. Den kannst du überall mit hinnehmen. Im Notfall könnte er bei Dunkelheit als Zauberstab durchgehen, das schreckt möglicherweise ein oder zwei naive Schurken ab, weil sie denken, du hast einen Zauberstab. Ich mein, du kannst zwar gar nicht zaubern, aber das sind auch naive Schurken. Das funktioniert eben nur im Dunkeln. Sonst sieht man ja, dass es ein Lockenstab ist. Oder ein Zauberstab mit Stecker und Kabel.«

Emmy: »Natürlich. Verstehe schon, ich gucke später rein. Lockenstab, als ob!«

Selbstverständlich hatte ich ihr keinen Lockenstab gekauft. Aber wer verriet denn sein Geschenk schon vorher? Später würde sie darin eine Flasche Craft-Bier mit zwei Konzertkarten finden. Tendenziell cooler als ein Lockenstab, sofern man gegen Locken und für Bier war.

Auf meinem Weg zurück Richtung Musik piekte Lea mir in die Seite und setzte ein freches Grinsen auf. Mit Händen und Augenbrauen versuchte ich ihr freundlich, aber wortlos klarzumachen, dass ich schnell zur Musik musste, sie mich dort ja gerne mal besuchen kommen darf und was eigentlich die wahre Bedeutung der Schriftzeichen auf der Stele der Kaloomte' B'alam in Tikal war. Mit meinen Augenbrauen. Sie verstand es vermutlich nur teilweise, konnte jedoch nicht mehr nachfragen, da sie nun gratulierend an der Reihe war. Falls sie danach zu mir kam, dann hatte das außerdem den Vorteil, dass sie nicht mit Emmy reden konnte.

Die Vielzahl der rumstehenden Menschen signalisierte mir, dass der Großteil der Glückwünsche ausgesprochen war und die Musik langsam in brauchbare Bahnen gelenkt werden konnte. Der Startschuss zum Exzess, gleichzeitig auch der Beginn des Countdowns, bis Emmy sowieso nicht mehr ansprechbar sein würde.

Als die ersten Lieder gespielt waren, erschien Lea mit zwei Bieren an meinem Tisch. Nett von ihr, dachte ich, als sie sich an den anderen Gästen vorbeidrängte, um direkt neben mir stehen zu können. Wir stießen an und sie warf einen interessierten Blick auf die Playlist.

»Da sind doch voll gute Sachen bei, wieso hast du die letztens nicht einfach angemacht? Hätte dir doch das ständige Fummeln gespart und anderweitiges Fummeln ermöglicht«, sagte sie und stieß dabei vermutlich dieses Nasenlachen aus, was ich aufgrund der Musik aber nicht hören konnte und mir deswegen vorstellte, dass sie es tat, weil sie es immer tat.

Ich: »Klar, aber Vinyl ist sexy.«
Lea: »Ach, hab ich dir also nicht gereicht?«

Klasse, genau die Richtung in die ich eigentlich nicht wollte. Ich durfte nicht zulange überlegen, da mich ihre erwartungsvollen Reh-Augen durch die Brille anstarrten.

Ich: »Man(n) will ja Gentleman sein und nicht direkt mit der Tür ins Haus fallen. (Ich weiß, dass du weißt, wenn ich in Klammern spreche. Aber hast du auch das geklammerte N rausgehört?)«
»Du bist süß!«, sagte sie vergnüglich und drückte mir einen Kuss auf die Wange, ehe sie sich in Richtung Wohnzimmermitte verabschiedete. Dorthin, wo die ersten Leute langsam auftauten und tanzen. In der Hoffnung, dass die anderen Rumstehenden bald folgen würden. Keine Ahnung, wo Emmy in diesem Moment war, ich suchte das Zimmer ab und konnte sie nirgendwo sehen. Vielleicht war sie in der Küche – dann hätte sie Leas Schmatzer wenigstens nicht gesehen. Sehr geehrtes öffentliches Universum, formulierte ich in meinem Kopf, noch war es nicht zu spät, dass wir uns wieder versöhnen. Aber dann verkack das heute nicht für mich.

XVII.

Gesprächen auf Partys zuzuhören, das war immer wieder eines der unterhaltsamsten Dinge, die einem passieren konnten. Und damit sind nicht einmal ausschließlich die hochwertigen Konversationen zwischen den Tagesvollsten gemeint. Besonders gerne mochte ich auch die noch nüchtern geführten Gespräche, in denen sich vorab für den restlichen Abend entschuldigt wird. Man hatte ja eine harte Woche, eine Klausur oder gar selber was zu feiern. Sonst trinkt man ja eigentlich nicht so und rauchen? Eigentlich auch nur auf Partys – jaja, sobald alle drei Mitbewohner in einem Raum sind, gilt das doch auch schon als Party. So in die Richtung. Toll waren auch die Gespräche zwischen Pärchen oder denen, die hofften am selben Abend noch eines zu werden.

Es gab aber auch weniger schöne Situationen auf Partys. Zum Beispiel dieser Moment, ab dem einem alles egal war und man sich mehr Bier reinschüttete als der Kessel einer Brauerei nachbrauen konnte. Wenn man sich gerade frisch getrennt hatte, wenn man seinen glücklichen Ex-Partner sah, wenn die Partybegleitung doch nicht so das Wahre zu sein schien. Oder wenn man sah, wie Emmy mit einem anderen an der Hand das Wohnzimmer betrat, nicht einmal herüber blickte und dann tanzend in der Menschenmenge untertauchte.

Es war an der Zeit für einen weiteren 20-Minuten-Charts-Mix. Anschließend schnappte ich mir ein Bier und verschwand in Richtung Balkon. Lea lehnte dort mit Theresa am Geländer und beide winkten mich herüber. Ich fragte Lea nach einer Zigarette.

»Seit wann rauchst du denn? Hab das noch gar nicht gesehen bei dir.«
Ich: »Weißt du noch, wann du das erste Mal geraucht hast? Bei mir war es vor einem Waschsalon. Ich habe es dann auch mal am Küchenfenster und auf dem Heimweg ausprobiert. War ganz cool, aber cooler ist dann doch mit anderen Menschen. Da stirbt man quasi gemeinsam. So wie Romeo und Julia.«
»Oha, war das ein Kompliment?«, fragte sie, während sie mir eine Zigarette reichte.
Ich: »Sowas in der Art. Danke. Das Gelbe muss ich anzünden?«
Lea: »Den Filter? Willst du mich verarschen? «
Ich: »Einen Versuch war es wert.«

Mit diesen Worten zündete ich mir den Glimmstängel an und wusste sofort, dass ich Lea mit einer sehr hohen Wahrscheinlichkeit nie wieder nach einer Zigarette fragen würde, wenn sie die Marke nicht wechselt. Mein Husten ging jedoch in der freudigen Begrüßung von Hannah unter, die in diesem Moment den Balkon betrat und direkt das Gespräch eröffnete:

»Ah, der Schriftsteller, hast du das den beiden auch schon erzählt? Vorhin hatten wir ja keine Zeit mehr. Er hat nämlich erzählt, dass er auch was mit Verschwörungen macht.«

Theresa klinkte sich ein: »Verschwörungen sind voll mega! Ich mag ja die mit dem Mond.«

Ich: »Da musst du schon etwas genauer werden. Es gibt ja verschiedene: Die Mondlandung, die Nazis auf der dunklen Seite, die Außerirdische Basis, Apollo 18.«

Theresa: »Ja, die meinte ich.«

Ich: »Alle jetzt?«

Theresa: »Die mit der Mondlandung, den Rest kenne ich nicht.«

Ich: »Dann könnt ihr euch glücklich schätzen, dass ihr mich kennen gelernt habt. Gebt mir noch ein paar Bier und ihr seid wahre Mond-Expertinnen.«

Meine erfundene Biografie ging allem Anschein nach auf. Zum Glück haben mir zahlreiche Dokus und endlose Stunden am Küchenfenster, im Waschsalon und auf Heimwegen ausreichend Stoff geliefert, um meine Expertise im Bereich Verschwörungen weiterzugeben.

Ich: »Aber eine meiner Lieblingsverschwörungen ist die um das Turiner Grabtuch. Ich würde mich da auch schon in gewisser Weise als geistiger Vater sehen. Hinter so einer Verschwörung steckt sauviel Arbeit: Zuallererst muss man eine Zeitmaschine bauen. Damit reist man in die Vergangenheit und überredet berühmte Persönlichkeiten irgendwelche Botschaften zu verstecken, wenn sie es nicht sowieso schon taten. Danach reist man zurück und tüftelt lange nach, wie all diese Hinweise zusammenpassen könnten. Hat man all das hinter sich, muss man kleine Fährten legen, die Historiker und Buchautoren aufdecken, um dann den Finger zu heben und zu sagen: Ich hab es von Anfang an gewusst! Für die Verschwörung um das Turiner Grabtuch bin ich in das ehemalige Preußen gereist. Der Kern meiner Theorie ist, dass es Jesus gar nicht gegeben hat. Jesus ist nämlich, das ergaben meine etymologischen Nachforschungen, Berlinerisch für G-sus, also den Akkord mit Vorhalt. Zurückzuführen ist das auf die Entwicklung der Berliner Gitarrenindustrie im Jahre 1132. Zu dieser Zeit hatten auch die Konzertveranstalter ihre Hochphase. Auf deren Veranstaltungen stellten die Besucher häufig fest, dass viele Gitarristen vornehmlich mit G-sus spielten, beziehungsweise mit Jesus. Der Mythos des heiligen Gitarrenakkords entstand und wandelte sich im Laufe der Zeit mehrfach, bis Jesus seine heutige Bedeutung erhielt. Durch die Vorliebe für diesen Akkord erhielt der berühmteste Gitarrist der damaligen Zeit dementsprechend auch den Spitznamen Jesus. Bei einem Konzert im Jahre 1147 wischte Jesus sich mit einem Tuch den Schweiß vom Gesicht. Jedoch wusste er nicht wohin mit dem Tuch, weshalb ihm jemand einen Wäschekorb hinhielt und sagte: ›Tu rin!‹ Etymologische Entwicklungen verformten diese Aufforderung zu Turin. Es war also nie ein Grabtuch. So ungefähr - das könnt ihr dann genauer in meinem übernächsten Buch lesen.«

Hannah und Theresa schauten sich verwirrt an und bemerkten, dass ihr Bier ja schon halbleer ist und sie deswegen ein neues holen müssten. Lea schüttelte lachend den Kopf. Da mir alles egal war, weswegen auch meine ausgedachte Biografie hinfällig wurde, nahm ich mein Straßenbahnmädchen in den Arm. Vielleicht habe ich sie auch geküsst. Blöderweise konnte ich mich am nächsten Tag nicht mehr an alle Details des restlichen Partyverlaufs erinnern.

XVIII.

Als ich gerade in die Dusche steigen wollte, fiel es mir wieder ein: Letztens am Küchenfenster habe ich darüber nachgedacht, worüber ich eigentlich beim Duschen nachdenke. Vielleicht ist die Dusche ebenfalls ein geeigneter Ort als Ergänzung zu Heimwegen, Waschsalons und dem Küchenfenster. Diesmal versuchte ich mir zu merken, worüber ich nachdachte.

Ich drehte das Radio so laut auf wie möglich, damit ich unter dem plätschernden Wasser verstand, was die Moderatoren sagten und welche Lieder kamen. Im Nachhinein stellte sich das jedoch als Fehler heraus: Statt sinnvoll nachzudenken, regte ich mich innerlich darüber auf, wie schlecht doch die Musik im Radio heutzutage ist. Alles das Gleiche und schon da gewesen. Und eigentlich stelle ich das jedes Mal fest, doch ohne Musik und Moderatoren fühlt sich duschen so einsam an. Die Aufnahme der Dusche in das Weltnachdenk-Erbe meines Privat-Universums wurde erneut vertagt.

Nach dem Abtrocknen streifte ich mir meine Lieblingsjogginghose und ein nicht öffentlichkeitstaugliches Shirt an, nur um es anschließend unter einem ausgedienten grauen Kapuzenpullover zu verstecken.

Lea wartete in der Küche bereits auf mich. Diesmal hatte ich nicht zuvor beschlossen, dass ich anfange zu frühstücken, weswegen wir kurzerhand die mittlerweile pappigen Cornflakes mit Milch und

Zucker paarten, um zumindest so tun zu können, als würden wir sinnvoll gemeinsam frühstücken.

Sie hatte sich ebenfalls eine meiner Jogginghosen gekrallt und sie mit einer Sportjacke kombiniert. Theoretisch hätte sie so auch direkt losjoggen können. Aber vermutlich wollte sie lieber alte Cornflakes essen und mit Erdbeermilch mit mir anstoßen. Wie man es eben so machte.

»Ich dachte ja, du wirst gar nicht mehr wach. So voll, wie du gestern warst.«

Ich: »Ein schlauer Mensch hat einmal gesagt: Wenn ich nicht mehr aufwache, dann merke ich ja nicht, dass ich nicht mehr aufwache. Deswegen wäre ich auch nicht tot gewesen. Nur ewiger Stand-by-Modus oder so.«

Lea: »Zum Glück bist du ja wieder auferstanden. Sonst könnte ich dir auch nicht von den Fußmatten erzählen.«

Ich: »Hab ich das schon wieder gemacht?«

Zwei Etagen unter mir waren zwei Wohnungen und wenn man davor stand, sah man vor beiden jeweils einen Fußabtreter. Auf dem linken stand @home, auf dem rechten stand welcome. Und jedes Mal, wenn ich vorbeiging, tauschte ich sie um. Weil welcome @home irgendwie geiler klingt als @home welcome. Man musste ja auch das Gesamtbild unseres Treppenhauses im Hinterkopf behalten. Zum Glück haben die nie rausbekommen, dass ich der Schelm hinter diesem Schabernack war. Und wie es schien, habe ich auch letzte Nacht nicht widerstehen können.

Ich: »Sollte ich sonst noch irgendwelchen Mist gemacht haben, dann will ich das vielleicht gar nicht so genau wissen.«
Lea: »Also mir hat es eigentlich gefallen.«, sie zwinkerte mir zu, »Und was ich fragen wollte ...«
Oh oh.
Lea: »... das war ja jetzt alles super spannend und vielleicht war's das Schicksal mit der Bahn und wir verstehen uns ja auch gut und wir mögen uns ja wohl auch. Oder?«

Na toll, jetzt sollte ich das Gespräch, das sie führen wollte, übernehmen? Okay, da musste ich mein volles Talent im Bereich der Rhetorik ausspielen:

»Ja.«

Lea wirkte nicht so, als hätte sie diese Antwort rundum befriedigt.

»Also was ich sagen wollte ...«, setzte sie an, »meinst du nicht, dass es ganz cool sein würde, wenn wir es mal miteinander probieren?«

Am Scheidepunkt stehen war eines meiner liebsten Nicht-Hobbys. Jetzt gab es, zumindest in meinem Privat-Universum, wieder mehrere sinnvolle Optionen: Einfach umfallen und totstellen, ja sagen oder sie fragen, was genau sie denn probieren möchte, da meine Höhenangst leider das Probieren von beispielsweise Paragliding verhindert, ich dafür aber gerne mal in einem Destruction Derby mitfahren würde. In Computerspielen wird einem meistens angezeigt, welche der Dialogoptionen gut, welche böse und welche neutral ist. Das musste ich gerade aber selbst herausfinden. Wenn ich einfach umfalle und mich totstelle, dann würde sie vermutlich Drachen und gute Ninjas beschwören, weil sie eine Kampfmagierin ist. Sage ich ja, habe ich eine Freundin, die nicht Emmy ist, die mir dafür aber innerhalb kürzester Zeit doppelt so nahe gekommen ist. Und wenn ich Destruction Derby vorschlage, dann wird sie das vermutlich auch als ein Bejahen interpretieren und mich als Beifahrerin zum Destruction Derby begleiten. Letzteres erschien mir als coolste Option. Aber vorher sollte ich das Spiel einmal abspeichern. Ach, nein, das war ja die Realität. Fick dich, Universum!

»Was möchtest du denn probieren? Weil meine Höhenangst lässt leider Paragliding nicht zu, aber in einem Destruction Derby mitfahren, das würde ich gern mal mit dir probieren.«

Lea: »Aber nur, wenn ich auch eine Runde fahren darf und das ein Ja ist.«

So kacke war sie ja eigentlich gar nicht.

XIX.

Lea und ich standen an meiner Haltestelle, sie hatte sich bei mir eingehakt. Wir wollten gar nicht mit der Bahn fahren, dennoch überzeugte ich sie davon, dass der General wissen sollte, dass es in unserer Gemeinde nun ein Pärchen gab. Immer wieder schaute ich auf die Uhr, bis schließlich die Bahn ihren Menschenwechsel vollzog und weiter in Richtung Stadt fuhr. Der General hatte eigentlich noch nie eine Bahn verpasst. Vielleicht war er nur krank, konnte ja mal passieren. Oder sein Grund, warum er mit der Bahn fuhr, ist abhandengekommen. Seine Frau in einer Klinik? Das wäre traurig. Wir wussten es schließlich nicht, dennoch hätte sein klassischer Spruch in der Kurve auch einfach der Ausdruck seiner Sehnsucht nach Konversation gewesen sein können. Ihm selber konnte nichts zugestoßen sein, er war immerhin der General.

Ich blickte zu Lea und sagte ihr mit meinen Augenbrauen so etwas wie: Tja, dann eben ein anderes Mal und vielleicht wollte er auf all seinen Bahnfahrten nichts anderes als uns beide zusammenzuführen, außerdem läuft heute Abend eine Doku über die Eroberung Kleinasiens durch die Achämeniden um 550 vor Christoph und darüber, wie Christoph das eigentlich fand. Wie immer war ich stolz, was ich mit meinen Augenbrauen alles ausdrücken konnte. Nur ob sie es auch verstand, das wusste ich nicht.

Wir beschlossen, diesmal mündlich, dass es nun Zeit war, um in Richtung Kiosk aufzubrechen. Neben Bier und Chips für uns beide, Zigaretten für sie und einem Fußballmagazin für mich brauchten wir außerdem frische Luft. Es fühlte sich natürlich seltsam an, dass sich auch mal jemand ohne einen gewissen Alkoholpegel bei mir einhakte und wir gemeinsam durch die Gegend liefen. Schön war es natürlich auch, keine Frage, aber eben ungewohnt. Manche sagten ja, sie hätten ihren Seelenverwandten oder jemanden, mit dem man durch Dick und Dünn gehen kann, Pferde stehlen und sowas. Ich hingegen hatte nun eine Partnerin für ein Destruction Derby, also niemanden zum Pferde stehlen, eher zum Autos klauen, denn mit irgendwas muss man beim Destruction Derby ja auch fahren.

Wir gingen vorüber an diesem seltsamen städtischen Mix aus Sparsamkeit und Ästhetik. Irgendwann nach dem Zweiten Weltkrieg hielten es Stadtplaner aus nicht nachvollziehbaren Gründen für äußerst sinnvoll, zwischen den beiden intakten Gründerzeit-Wohnhäusern eine Art Plattenbau zu integrieren. Im Erdgeschoss konnte man in verlassene Läden gucken und der vergilbte leere Zettel an der Türinnenseite lässt vermuten, dass der einstige Ladenbesitzer seinen Kunden circa 1984 versprochen hatte, dass er nach der Renovierung zu den gewohnten Zeiten wieder da wäre. Das war eine Form der Melancholie, die mir gefiel. So echt und so voller Fragen. Wie es mal gewesen ist, als der Laden noch auf war und was ich zu der Zeit eigentlich gemacht habe. Lachendes und weinendes Auge, wenn man so will.

Andere Läden hätten 1984 ebenfalls eine Renovierung vertragen, aber über 30 Jahre später dachte man sich vermutlich auch nur noch: Ist ja eh mal wieder Zeit für einen Krieg, dann löst sich das Problem von ganz alleine. Nicht nur das mit der Renovierung, sondern auch das mit der fehlenden Kundschaft und das mit der Menschheit generell. Pragmatismus in einer Form, über den nur Ladenbesitzer verfügen, die seit 1984 nicht mehr renoviert haben.

Wir erreichten den Kiosk meines Vertrauens. Vor uns stand Rico am Schalter. Manchmal fragte ich mich, ob er nicht hier vorm Kiosk wohnte und immer, wenn das große Rollo runter gelassen wurde, schläft er friedlich in diesem kleinen Vorraum ein. Eine schöne Vorstellung. Das Problem war nur, dass Rico nicht nur einen scheinbar prallgefüllten Geldbeutel hatte, sondern auch ein gutes Gedächtnis. Er erinnerte sich an alle Kunden und ihre Einkäufe. Viel zu erzählen hatte er auf jeden Fall, dennoch drückte er sich immer sehr abgehackt aus, als würde doch eh jeder wissen, was mit Rico los ist und was er sagen will. Heute kam ich mal nicht allein und das fiel auch ihm auf.

»Ah, Freundin, ne?«

Ich: »Moin Rico, ja, Freundin, 'ne.«

Er lachte: »Jaja, jaja. Nommehrbierdann, 'ne?«

Ich: »Säuft wie 'n Loch, aber ich ja auch, 'ne.«

Er lachte wieder, wurde dann aber ernst. Vermutlich wieder mal eine Krankheit oder seine Oma war zum achten Mal verstorben oder er wartete seit 1984 auf die Renovierung seines Ladens um die Ecke.

Rico: »Jaja, saufen, ne? Isnichsogut, nene. Machiauimmer. Wirsekrankunso. Nene.«

Eine Träne kroch aus seinem Auge und während er sie wegwischte, klopfte ich ihm so ach-das-wird-schon-mäßig auf die Schulter. Vielleicht erwische ich ihn eines Tages mal nüchtern hier. Lea und ich wollten anschließend zum Bestellen übergehen, als sich eine Qualle an uns vorbeischob. Also eigentlich stimmte das gar nicht, aber ich hatte ein bisschen darauf gehofft, um herauszufinden, ob man unter diesen Umständen tatsächlich einen Kiosk hätte anpissen dürfen.

Für unseren Rückweg wählten wir schließlich doch die Bahn, auch wenn es nur zwei Haltestellen waren. Aber mit all den Glücklichmachern im Gepäck erschien uns eine Verkürzung des Weges als ziemlich sinnvoll. Gleichzeitig konnten wir zur Feier des Tages, an dem wir erstmals zusammen einfach nur rumgammeln und ich nicht durch tolle Musik vom tollen Plattenspieler begeistern musste, noch einmal den Ort unseres Kennenlernens besuchen. Wobei es vielleicht auch eine andere Bahn war, es fuhr ja nicht immer nur die gleiche auf dieser Linie. In manchen Städten haben die einzelnen Bahnen Namen. Sie heißen dann zum Beispiel so wie die Partnerstädte oder irgendwelche Persönlichkeiten aus der städtischen Historie. Aber selbst darauf habe ich nie wirklich geachtet. Deswegen galt einfach jede Bahn als unser Ort.

Nachdem wir bei mir angekommen waren, verstauten wir das Bier im Kühlschrank und legten die anderen Einkäufe auf der Arbeitsplatte ab. Ein weiteres Gesetz in meinem Universum lautete, dass Bier zu Hause nicht ohne eine Jogginghose geöffnet werden darf. Darüber hatte ich Lea selbstverständlich in Kenntnis gesetzt und so verschwanden wir kurzerhand in meinem Zimmer. Die Zeit zwischen Ausziehen der Jeans und Anziehen der Jogginghosen überbrückten wir mit Dingen, die man tut, wenn man gerade keine Hose anhat. Malen zum Beispiel oder dem anderen gepflegt auf den Hintern klatschen, dass es nur so zwiebelt. Oder was anderes.

XX.

Einige Tage waren vergangen und von Emmy war länger als sonst nichts zu hören. Ein bisschen war es mir egal, aber das war nicht dieses egal-egal, eher dieses ich-kanns-ja-eh-nicht-ändern-egal. Quasi dieses egal, bei dem man sich selbst dazu durchringen muss, dass etwas egal ist und nicht dieses, bei dem etwas wirklich egal ist. Wie die Weltzeituhr in Berlin, Kernspintomographen oder die Mehrzahl von Opossum. Der Vorteil an meinem egal war auch, dass es gegenüber Lea deutlich fairer war, als wenn es mir nicht egal wäre.

Dieses Wechseln zwischen den egalen, das musste ich erst lernen. Vor langer Zeit lernte ich ein Mädchen kennen, das dieses Egalisieren in Perfektion beherrschte. Sie hatte wöchentlich gefühlte vier Dates, immer mit anderen. Was daran lag, dass es scheinbar eines der letzten Rätsel des Universums war, wie man bei ihr nicht durchfällt. Und man fiel schnell durch, eigentlich schon bei der Begrüßung. Danach wurde auf egal umgeschaltet und es kam der nächste dran und so weiter. Wiedergesehen habe ich sie seitdem nicht mehr, ab und zu hatte sie mir eine Nachricht zum Geburtstag geschrieben. Das war wiederum mir egal. Vielleicht war sie auch gar kein reales Mädchen, sondern so eine Art Weihnachtsgeist von Charles Dickens, der uns Jungs das Egalsein beibringen sollte. Es würde einiges erklären.

Wiedersehen würde ich sie aber nicht wollen, höchstens mal in 40 Jahren, wenn sie in Rente ist. Weil sie bestimmt so eine Klischee-Rentnerin wäre. Viel Nörgelei, Entenfütterungen und Krimis. Außerdem natürlich klassische Musik hören und durch Museen streifen, wo sie Auguste Rodin dann immer August Rodeng aussprechen würde. Genauso würde sie bestimmt mal sein.

Und Emmy? Emmy wird sich bestimmt bald von alleine melden. Es gab bestimmt gute Gründe, dass es diesmal länger dauerte. Die musste es geben. Gründe dafür, dass auf meiner Arbeitsplatte heute kein Handy vibrierte und dass ich sie für egal erklärt habe. So egal, dass ich gerade wieder über sie nachdachte. So egal, dass ich statt aufrichtiger Liebe für mein Straßenbahnmädchen eher sowas wie Mitleid empfand - Mitleid darüber, dass ich nicht mit ganzem Herzen und Hirn dabei war. So egal, dass ich am Küchenfenster heute ausnahmsweise keinen Kleinkrieg mit dem öffentlichen Universum führte und nicht über total wichtige Sachen nachdachte.

Aber wer weiß, dachte ich. Vielleicht wird ja mit der Zeit alles gut. Es fehlte mir bestimmt nur am richtigen Konstrukteur meines Glückes. War ja auch schwierig, da ich bisher der einzige Bewohner meines Privat-Universums war und dort ansonsten nur Lea und Emmy Aufenthaltsrecht besaßen. Und der Braumeister meiner Lieblingsbiersorte. Der wusste es nur nicht und kam mich wohl deswegen noch nie besuchen.

Ich brauchte also Zeit und den richtigen Konstrukteur. Darüber habe ich mal eine Doku gesehen. Es ging um das Prager Rathaus und die Aposteluhr, die dort angebracht ist. Zu jeder Stunde tauchten dort die zwölf Apostel auf, begleitet durch allegorische Darstellungen von Eitelkeit und Habsucht sowie der Allegorie für Wollust, die gemeinsam mit dem Sensenmann auftrat. Skurrile Geschichten rankten sich um diese Uhr. Aus Angst, dass andernorts eine ähnlich meisterhafte Uhr entstehen könnte, stach man dem Konstrukteur der Uhr die Augen aus. Dieser revanchierte sich, indem er das Uhrwerk zum Stehen brachte. Zu allem Überfluss starb er anschließend. Da seine Konstruktion so genial war, dauerte es ganze 100 Jahre, bis jemand in der Lage war, die Uhr zu reparieren. Und wenn selbst die goldene Stadt Prag 100 Jahre lang weder Zeit noch einen Konstrukteur hatte, dann erwartete mich wohl ein deutlich längeres Warten. Andererseits: Hätte ich damals gelebt, vielleicht hätte ich die Uhr schon nach 50 Jahren repariert. Genaugenommen war ich in meinem Privat-Universum schließlich der beste Uhrmacher von allen. Es gab ja sonst keine.

Und da ich gedanklich gerade bei Prag war, dachte ich über eine Annexion nach. Prag als Hauptstadt meines Privat-Universums. Das hätte was. Ich mochte Prag. Vor vielen Jahren bin ich häufig dort gewesen und kaufte mir unter anderem einen Bierkrug mit der Karlsbrücke als Motiv. Fernweh-Saufen, wenn man so will. Vielleicht wäre das etwas, um es mit Lea zu probieren: Gemeinsamer

Urlaub in Prag, weg aus unserem Nest und weg von den Emmys.

Heute musste das Alleinsein aber ausreichen, um zumindest gedanklich wegzukommen. Im Kühlschrank hatte ich noch ein Bier, das durfte mich begleiten, während ich vor meinem Weltraumteleskop stand und in das öffentliche Universum schaute. Und wieder mal dachte ich an diese absurde Universumsrelation und an meine eigene Größe. Wir Menschen sind doch viel zu klein für so große Probleme.

XXI.

Immer wenn ich jemanden aus einer anderen Stadt kennenlernte, behauptete ich, dass ich vor einigen Jahren auch mal in seiner Heimat gewohnt habe. Das gab dem Gegenüber das Gefühl, dass das, was er hinter sich gelassen hat, vielleicht gar nicht so übel war. Schließlich wusste man Dinge erst zu schätzen, wenn sie nicht mehr da waren. Außer vielleicht Bier, das weiß man vor allem dann zu schätzen, wenn es kalt und da ist. Ursprünglich kam ich auch nicht von hier und wenn man sich einmal im Jahr zur Weihnachtszeit mit den Freunden von früher traf, bemerkte der eine, dass sich in der Stadt alles verändert hat und der andere, dass sich in der Stadt gar nichts verändert hat. Und auf eine absurde Art und Weise meinten beide dasselbe.

Man kann das vielleicht vergleichen mit einem Spargeltarzan, der beim Wiedersehen ein paar Jahre später plötzlich eine halbe Tonne wiegt. Er hat sich verändert, weil er zugenommen hat. Aber er hat sich auch nicht verändert, weil er schon damals eigentlich nur gegessen hat.

Dafür wäre ich eigentlich auch prädestiniert gewesen. Pausenlose Nahrungsaufnahme und eines Tages würde man sagen, ich hätte mich nicht und ich hätte mich verändert. Im Zeitalter des Internets findet man aber zum Glück überall irgendwelche Übungen und Pläne, mit denen man zu Hause rumturnen konnte. Zusätzlich war man in der Lage allen zu erzählen, man würde nun Sport machen.

Einen passenden Plan hatte ich mir auch gesucht. Tatsächlich aus kleiner Unzufriedenheit darüber, dass eines meiner Lieblingsshirts nicht mehr so recht passen wollte. Zwischen Tag neun und zwölf habe ich aber jedes Mal abgebrochen. Es reichte immer, um sich zumindest ein paar Tage besser zu fühlen. Blöderweise aber nicht, um das schöne Shirt wieder tragen zu können.

Nun hatte ich aber Lea. Was das betraf, war sie wie eine lebende Schaufensterpuppe. Kleidung, die mir zu klein geworden ist, passte ihr mehr als hervorragend und so machte ich statt Sport eben Textil-Recycling. Früher hatte ich mal so einen Schaufenster-Torso im Flur stehen und ihm eine Maske eines Serienkillers aus einem Klassiker des Slasher-Filmgenres aufgezogen. Und ein Shirt, das mir nicht mehr passte. Der Nachteil war nur, dass sich nicht nur meine Gäste permanent erschreckten, sondern auch ich nachts auf dem Weg zum Klo. Deswegen entsorgte ich ihn letztendlich wieder. Danach plante ich die Anschaffung eines dieser Skelette, die Lehrer im Bio-Unterricht immer mal hervorkramten und Knochen abfragten. Jeder kam dran, trotzdem lernte nie einer. Nur manchmal, wenn man der Meinung war, man hätte es dann schließlich hinter sich und vielleicht sogar eine akzeptable Note. Außerdem würde sich die Heldentat rumsprechen, dass man plant sich in der nächsten Stunde zu melden. Das erleichternde Seufzen einer ganzen Schulklasse ist wie das Zischen einer Bierflasche. Eine Art Balsam für die Seele.

Für das Skelett hatte ich sogar extra einen Stuhl gekauft, auf dem es hätte am Tisch sitzen können, neben mir, in der Küche. Genau auf dem Stuhl, auf dem jetzt Lea immer saß, wenn sie bei mir war. In Hinsicht auf meine einstigen Dekorationspläne war sie auf jeden Fall ein vollwertiger Ersatz. Ob sie aber auch Emmy ersetzen konnte? Nun ja, mit Emmy hatte ich all das ja nicht in einer so intimen Form. Aber irgendwie doch, es war diese andere Form von Intimität, die ohne Anfassen funktionierte und wo stundenlanges Anschweigen beim Nebeneinandersitzen kein Zeichen für einen schiefen Haussegen war, sondern für das tiefe Vertrauen, das in der Luft lag. Wo man sich sexy fand, aber nicht sexuell, trotzdem kein Problem damit hatte, wenn man doch mal einen Arm um den anderen legt und dabei den Oberarm streichelt.

Bei dieser Form der Nähe war eine permanente Spannung spürbar, die irgendwann zwangsläufig dazu führen musste, dass bei einem die Sicherung rausfliegt und der Widerstand verschwindet, der die Manifestation von Gefühlen hätte verhindern können. Scheinbar hatte das Herz keinen brauchbaren Elektriker in seinem Telefonbuch. Und der Magen keinen guten Kammerjäger, in Anbetracht all der Schmetterlinge, die dort angeblich gerne mal einen Moshpit veranstalteten. Körper sind schon echt doof.

Man gilt ja gemeinhin als oberflächlich, wenn man nur auf das Äußere achtet. Das sagen zumindest die Leute, die ein Buch des Covers wegen kaufen. Ein richtiges Urteil ist schließlich erst möglich, wenn man es gelesen hat. Aber in einem Körper kann man ja schlecht lesen. Ich würde bei einem ersten Treffen nicht erst den Körper des oder der Fremden aufschneiden, mir die Organe und Knochen anschauen, sie oder ihn fachmännisch wieder zunähen und dann sagen: Tut mir leid, äußerlich bist du zwar sympathisch, aber dein Dickdarm geht gar nicht. Vielleicht ist das mit der Oberflächlichkeit auch anders gemeint, konnte mir aber egal sein, ich suchte mir Freunde meistens nach dem Können am Glas und dem Musik- oder Filmgeschmack aus. Manchmal stellte ich mich auch einfach in eine Ansammlung von Leuten und erzählte einen schlechten Witz. Zum Beispiel:

Sitzt ein Mann im Taxi und fragt den Fahrer:
»Sagen Sie, kennen Sie das schnellste Pharma-Unternehmen der Welt?«
Taxifahrer: »Nein?«
Mann: »Pharma schneller!«

Wer darüber lachte, der konnte kein schlechter Mensch sein. Dass in meinem Freundeskreis alle gut aussahen, nun, das war ein netter Nebeneffekt und ließ mich selber ja auch irgendwie besser aussehen. Ich hatte aber, glaube ich, sowas wie eine Freundes-Obergrenze. War diese erreicht, wurde ich eine Zeit lang zum Einsiedler, bis mich die ersten aufgegeben hatten und ich konnte wieder neue rekrutieren. Auch ein Grund, ständig sinnlos mit der Straßenbahn zu fahren. Dort konnte ich gemeinsam mit dem General nach neuen Freunden

Ausschau halten und das letzte Mal hat es schließlich geklappt, sonst gäbe es keine Lea. Also es gäbe sie natürlich trotzdem, aber nicht in meinem Freundeskreis.

Im Haus schräg gegenüber erlosch das letzte Licht und ich wagte einen Blick auf die Uhr. Es war recht spät, aber heute, so kam es mir vor, hatte es sich mal wieder gelohnt.

XXII.

Lea war in meiner Straßenbahn-Gang bereits ein etabliertes Mitglied und so stand nun eine weitere Feuertaufe an. Sie musste mit mir ins Kloster. Eine Freundin muss auch in der Stammkneipe funktionieren und sich in epischen Schlachten von mir am Kickertisch vernichten lassen. Gleichzeitig konnte ich wieder prüfen, ob es Drachen gab und ob diese sich vielleicht zeigen, wenn ich mit ihr statt mit Emmy den Heimweg antrat.

Ich saß im Wohnzimmer und hörte mir eine meiner Lieblingsplatten an, während Lea sich im Bad fertig für unser kleines Abenteuer im Kloster machte. Die Wartezeit kam mir ewig vor, selbst die Platte schien in Zeitlupe zu laufen. Bis ich merkte, dass ich beim Auflegen der Scheibe irgendwie an den Geschwindigkeitsregler gekommen bin und sie einfach nur langsamer ihre Runden drehte. In Anbetracht der großen Prüfung später war ich etwas durcheinander. Am Bier nippend legte ich den Schalter um und das Lied klang wieder so, wie ich es gewohnt war. In diesem Moment betrat Lea freudestrahlend das Wohnzimmer.

»Na, wie sehe ich aus?«, fragte sie erwartungsvoll.

Das war eine dieser Fangfragen, von denen man immer hörte. Sie sah auf keinen Fall zu dick aus, diesen Fehler würde ich also nicht begehen. Was also dann? Hübsch oder sexy? Wüsste ich, welche

Intention hinter ihrer Kleidungswahl lag, wäre das deutlich einfacher. Analyse: Eine Röhrenjeans, zwei Beine, Hosenstall zu, darüber ein dunkelrotes Top, kurze Ärmel, keine Applikationen, die Haare auf der einen Seite lang und auf der anderen mit diesen Klemmen, die man als Mann überall findet, wo sie nicht hingehören, angelegt und die Brille wie immer. Vermutung: Hübsch aussehen für den gemeinsamen Kneipengang. Schlussfolgerung: Ich sollte mit dem Wort hübsch antworten. Durchführung:

»Humanoid.«

Huch, das falsche H-Wort.

»Spinner!«, warf sie mir an den Kopf, als sie sich neben mich auf die Couch setzte und sich das Bier öffnete, welches ich ihr bereitgestellt hatte.
»Aber mal ehrlich jetzt, ich trage sowas ja nicht jeden Tag.«
»Steht dir, doch, hübsch auf jeden Fall. Kenne mich ja nicht so aus mit Mode. Früher hat Mama mir die Sachen rausgelegt, seit ich ausgezogen bin macht sie das nicht mehr. Ich bin also froh, dass ich deswegen nicht nackt vor die Tür gehen muss, sondern mittlerweile selbstständig Kleidung finde, die die wichtigsten Körperteile verdeckt.«

Während sie wieder ihr Nasenlachen ausstieß, führte sie ihre Flasche an den Mund und gönnte sich einen Schluck.

»Na gut. Ich bin echt gespannt auf dieses Kloster, war da ja noch nie. Kommt sonst noch jemand, den du kennst?«

»Die Kellner. Und vielleicht trifft man noch irgendjemanden, aber ich habe jetzt keinen eingeladen oder so. Du bist anstrengend genug.«

Ich gebe zu, den darauffolgenden Schlag auf den Oberarm hatte ich mir redlich verdient. Zugleich war er der Auftakt für wahre Magie: Wir verwandelten unser gemütliches Couch-Bier in ein Fuß-Pils und machten uns auf den Weg in Richtung Kloster. Auch heute fiel die Entscheidung wieder auf die Fußvariante, ohne den General war Bahnfahren einfach nicht mehr so wie früher. Also vor einigen Tagen. Unsere Biere sollten noch bis zum Kiosk reichen, so würden wir auch Rico noch einmal begrüßen können und dann mit vollen Taschen und absolviertem Smalltalk weiterziehen.

Während wir uns dem Kiosk näherten, fiel mir das letzte Gespräch mit Rico wieder ein. Ging es ihm wirklich schlecht, war er krank und würde uns bald genauso verlassen, wie es der General getan hat? Wenn ja, dann war es natürlich sehr beneidenswert, dass er trotz des bevorstehenden Endes weiterhin seiner täglichen Passion nachging. Ob es nun Bahnfahren ist oder man seit 1984 am Kiosk steht und auf eine Renovierung wartet. Wenn man es nicht anders kennt, dann muss man so kurz vor der Zielgeraden ja nicht seine Gewohnheiten durchbrechen, nur weil manche in Poesiealben der Meinung waren, der letzte Tag wäre etwas Besonderes. Mal ehrlich, wenn man jeden Tag so lebt, als wäre es der letzte: Würde man dann nicht jeden Tag zusammengekauert auf seinem Boden sitzen und wimmern, weil man eigentlich noch so viel vorhatte? Dann ist doch die Alternative besser, jeden Tag so zu leben, als wäre er ein Tag. Einfach passieren lassen. Und folgt man Emmys Logik, dann stirbt man am letzten Tag auch nicht, wenn einem niemand Bescheid sagt.

Ich kannte solche Situationen nur zu gut, wenn man weiß, dass man stirbt, aber zu faul ist, um eine Gegenmaßnahme zu ergreifen. Zum Beispiel wenn man mit nassen Händen Stecker zieht. Ob man da überhaupt sterben konnte, das wusste ich nicht, mir war auch nie danach das zu recherchieren. Am Ende war das gar nicht möglich und mein lebenslanger Nervenkitzel war völlig umsonst.

Wir öffneten unsere neuerworbenen Flaschen und bogen in den Park ein. Von hier aus würde es noch eine gute Viertelstunde dauern, bis wir am Kloster wären. Der Park war eine dieser mittelmäßigen Grünanlagen, rein von seiner Größe her. Zu klein, um dort mit mehreren Leuten eine gesellige Runde mit Grill zu eröffnen und zu groß, um jemandem zu sagen, dass man sich am Park trifft.

Das ist genauso wie bei Telefonaten, in denen man fragt, wo der andere ist. Die Aussage, man wäre am Bahnhof, am Rathaus, an der Uni oder einfach in der Stadt, reicht dem Fragesteller meistens vollkommen aus für eine ungefähre Standortbestimmung des Gefragten. Problematisch daran war nur, dass Rathäuser, Bahnhöfe, Universitäten und auch Städte an sich meistens relativ groß waren. Und wenn die Standortbestimmung dazu dienen sollte herauszufinden, wann der Gefragte ungefähr ankam, war sie doch eigentlich hinfällig. Auch aus dem Grund, dass man nicht die genaue Geh-Geschwindigkeit des Gefragten kannte oder Ampelphasen nicht mit einrechnete. Eigentlich wusste man nie, wann jemand ankommt, falls er denn jemals ankam. Alles nur wegen der Zahlen.

An sich sind Zahlen einfach total überbewertet. Zum Beispiel in Uhrzeiten. Ohne Zahlen würde sich keiner mehr aufregen, wenn jemand 30 Minuten zu spät kommt. Weil er eben nur zu spät kommt. Auf Partys könnte keiner mehr prahlen, er hätte bereits 87 Bier getrunken, weil er einfach nur Bier getrunken hätte. Der Zahltag wäre ein Tag, Gott hätte die Welt erschaffen und Jesus wäre irgendwann zurückgekehrt oder wird es erst noch tun. Gäbe dann ja auch keine Jahreszahlen mehr. Vermutlich würde das Fehlen von Zahlen aber auch vieles verkomplizieren.

Apropos Zahlen. Wir erreichten das Kloster und mussten nun etwas dafür tun, damit wir auch dort am Ende zahlen konnten.

XXIII.

Lea und ich bestellten jeweils ein Bier und einen Pfefferminzschnaps. Ihr erstes Mal musste schließlich würdig begangen werden und das funktionierte am besten, wenn man mehrfach darauf anstieß. Nebenbei konnten wir unsere bisherige Beziehung weiter vertiefen. Zum Beispiel wenn wir über Träume reden und dabei herausfinden würden, dass wir hier und da die gleichen haben und es einen Grund gibt sich gemeinsam auf etwas zu freuen. Ein gutes Thema für sowas war immer das Reisen. Wer will wohin, wer will was sehen und wie lange dauert eigentlich der ideale Urlaub?

Madelaine, eine der Kellnerinnen im Kloster, die nicht mehr nachfragen musste, was ich wollte, brachte uns unsere Drinks und hatte immer noch diesen verwirrten Blick im Gesicht, weil ich einerseits für meine Verhältnisse lange nicht mehr da war und andererseits, weil meine übliche Begleitung Emmy heute irgendwie anders aussah. Wir bedankten uns und stießen anschließend mit den Bieren an, nur um danach mit dem Schnaps anzustoßen. Das hatte den Grund, dass man nach dem Schnaps nachspülen musste und das geht ja nicht, wenn man das Bier noch nicht angetrunken hatte. Auch so ein Gesetz aus meinem Privat-Universum. Vielleicht sollte ich die eines Tages aufschreiben oder darauf hoffen, dass Lea sie sich merken kann. Aber egal, wir wollten uns ja eigentlich unterhalten.

Lea: »In Prag war ich noch nie, aber wenn du da unbedingt mal hinwillst – nimm mich doch mit. Da kann man doch mittlerweile ziemlich preiswert hinfliegen.«

Ich: »Geil wäre ja so ein Flug mit nem Zeppelin, der so ein Leuchtreklame-Ding dran hat, das wäre so super, da könnten wir dann die ganze Zeit was blinken lassen, während wir engelsgleich immer geradeaus gleiten, wohin auch immer.«

Lea: »Das war ja fast poetisch, aber auch nur fast! Und je nachdem, wohin wir fliegen, wird es möglicherweise nicht geradeaus sein.«

Ich: »Wie meinst du das? Stürzt man ab, wenn man in einem Leuchtreklame-Zeppelin ein falsches Ziel wählt? Lakehurst zum Beispiel? Wobei die Hindenburg ja keine Leuchtreklame hatte.«

Lea: »Nee! Also Planeten sind ja im Grunde Himmelskörper im hydrostatischen Gleichgewicht, wodurch sie mehr oder weniger kugelförmig erscheinen. Demnach müsste unser Flug doch eigentlich eine Parabel beschreiben, oder?«

Ich: »Woher soll ich das denn wissen?«

Lea: »Sag bloß, ich habe eine Doku gesehen, die du noch nicht kennst? Ha, der nächste Schnaps geht dann wohl auf dich.«

Zugegeben, ich war ein bisschen stolz auf sie. Mich mit meinen eigenen Mitteln schlagen, das schaffte nicht jeder. Vielleicht weil ich so selten mit Menschen redete. Mit Lea war das zum Glück anders, dementsprechend war es auch nicht sonderlich überraschend, dass dieses wertvolle Wissen über mich dann auch eingesetzt wurde. Trotzdem war es okay. Nicht mit der eigenen Freundin reden, das ist meistens erst nach einer Weile eine tatsächliche Option. Ungefähr zu der Zeit, wenn man sich nichts mehr zu sagen hatte oder man nach einem Trauma ein Schweigegelübde ablegte.

Natürlich fühlte es sich seltsam an, ausnahmsweise mal nicht mit Emmy hier zu sitzen. Auf der anderen Seite war es aber genau die Emanzipation, die ich brauchte. Andere Gedanken durchs Gehirn schwirren lassen, alten Gefühlen mit Akzeptanz begegnen und ihnen trotzdem nett und bestimmt zeigen, wo die Tür ist. Das funktionierte an sich auch relativ gut, nur brauchten sie eben ziemlich lange beim Anziehen ihrer Schuhe. Sie trugen vermutlich Springerstiefel mit 14 Löchern und zogen beim Reinkommen alle Schnürsenkel heraus, die nun fachmännisch wieder eingezogen werden mussten. Dank der Stahlkappen trampelten sie natürlich auch ordentlich und hinterließen hier und da einige Schrammen. Doch das ist kein Emmy-exklusives Phänomen, das gab es schon lange davor und wird es auch lange danach geben. Jetzt war es aber erst mal an der Zeit, dass ich den Gefühlen für Lea Hausschuhe hinstellte und sie hereinbat, um mit ihnen zusammen auf der Couch zu gammeln oder ein inneres Destruction Derby zu fahren.

Wir unterhielten uns lang und gut, die Stunden verflogen unmerklich, während die Striche auf unseren Deckeln mehr und mehr wurden. Es war, als gäbe es im Kloster nur uns und Madelaine. Irgendjemand musste ja die Getränke bringen und Gastronomie-Erfahrung hatten weder Lea noch ich. Die anderen Plätze im Kloster leerten sich, füllten sich wieder, Gesprächsthemen lagen überall in der Luft, zogen vorüber, lösten Gruppen auf und bildeten neue. Beziehungen gingen am Kickertisch zu Bruch oder es wurde die Saat für neue gepflanzt. Wieder so ein Abend, der filmisch bestimmt echt gut umgesetzt werden konnte. Als eine Kamerafahrt durch die Kneipe, fokussiert auf eine Flasche, die von einer Kellnerin durch die Gäste mäandernd an den Tisch eines Gastes gebracht wird. Von dort stünde anschließend ein weiterer auf, die Kamera wechselt, man sieht mit seinen Augen und ab und zu wechselt sie, so dass man ihn von vorne sieht. Er ginge dann leicht schwankend auf die Toilette und das versehentliche Anrempeln eines Mädchens auf der Treppe wäre ein neuer Perspektivwechsel, man begleitet sie in Rückansicht, bis sie vor einem Tisch abbiegt und man uns da sitzen sehen würde. Dabei liefe ein perfektes Lied.

Leider war das Leben noch immer kein Film. Es hatte trotzdem dieses ätzende Faible für blöde Situationen und Twists. Wahrscheinlich war auch das der Grund, warum ich erst jetzt durch eines der zahlreichen Fenster der Kneipe nach draußen blickte und plötzlich alles verschwamm, als ich zwischen zwei Rücken Emmys Gesicht erblickte, lachend, vermutlich in einer guten Unterhaltung mit wem auch immer. Das verdeckten die Rücken ziemlich geschickt. In diesem Moment wurde mir klar, dass die Dreiecksbeziehung Lea-Kloster-Ich nicht funktionieren kann, wenn sich nichts ändert. Vielleicht sollte ich mich bei Emmy melden, es war mit hoher Wahrscheinlichkeit nur in meinem Kopf kompliziert. So wie immer.

Ich machte Lea klar, dass wir langsam aufbrechen sollten; zu Hause hätte ich auch noch genug zu trinken. Mit einem üppigen Trinkgeld machten wir unsere Geldbörsen leichter und Madelaine glücklicher. Auch heute fiel mein Blick wieder auf die verlassenen Plätze, wieder einmal auf der sehnsüchtigen Suche nach dem Verlorenen und Vergessenen, das eigentlich nie dort war. Heute auch nicht. Es saß schließlich vor der Tür.

Wir pressten uns durch die anderen Gäste und gelangten nach draußen. Emmy winkte uns freudestrahlend zu und der ihr gegenübersitzende Typ drehte sich ebenfalls zu uns um, nickte freundlich herüber und widmete sich anschließend wieder Emmy. Auch wir winkten freundlich zurück, ich wollte aber nicht für eine Begrüßung und einen unangenehmen Smalltalk an ihren Tisch, weswegen ich auf mein leeres Handgelenk tippte. Ich trug nie Uhren, aber vermutlich wusste sie, dass aus irgendeinem Grund die Zeit drängte. Um es zu verdeutlichen, sagte ich ihr mit meinen Augenbrauen, dass unsere Bahn gleich fahren würde und wir deswegen etwas in Eile wären, weil zu Hause außerdem eine neue Doku über Exoplaneten auf uns wartete, die laut Beschreibung deutlich interessanter als die über das Doppelsternsystem Zeta Reticuli zu sein schien. Das verstand sie bestimmt.

Daraufhin begaben Lea und ich uns auf den Heimweg, eigentlich wollte ich gar nicht die Straßenbahn nehmen. Schließlich sollte herausgefunden werden, ob sich die Drachen im Kampf gegen die guten Ninjas wenigstens dann zeigten, wenn ich mit Lea durch die Straßen ging. Sie taten es nicht. Stattdessen begann es zu regnen, als Lea meine Hand nahm.

XXIV.

Es hieß, dass der Flügelschlag eines Schmetterlings irgendwo auf der Welt einen Tsunami auslösen konnte. Aus diesem Grund überlegte ich mir, was eigentlich mein Flügelschlag war. Welche Entscheidung ist es gewesen, die mich heute hier stehen ließ, voller Geborgenheitsbedarf am Küchenfenster inmitten eines Kleinkrieges zweier Universen. Und was war eigentlich die erste Entscheidung meines Lebens, an die ich mich erinnern konnte? Durch Fotos konnte man sich eine Menge ins Gedächtnis rufen. Weihnachten ohne Papa, dafür mit einem Weihnachtsmann, der ihm ähnlich sah. Das erste Mal Schlittschuhfahren. Ziegenfüttern im Zoo. Den schlechten Modegeschmack einer kompletten Schulklasse in den 90er Jahren. Es gab so viel, an das man sich mit Hilfe eines Fotos erinnern konnte – häufig verfälscht. Den großen, flauschigen Hund, den ich als Kind gestreichelt habe und mit eigenen Augen sah, sehe ich heute aus der Perspektive des Fotos. Aber die Entscheidung, dass es richtig und wichtig ist, ihn in diesem Moment zu streicheln, die kam von mir. Daran konnte ich mich nur nicht mehr erinnern. Wie an so viele Entscheidungen, die getroffen wurden. Meine erste Entscheidung, an die ich mich erinnern konnte, traf ich im Alter von zehn Jahren.

Alle Freunde meiner Grundschule wurden auf dem Gymnasium in die Parallelklasse gepackt. Warum ich als einziger aus meinen Viertel in die andere musste? Das wusste ich bis heute nicht. Klar, mir wurde es angeboten, ich hätte einfach die Klasse wechseln können. Doch ich entschied mich dagegen. Und genau an diesem Punkt geschah mein Flügelschlag, in diesem Moment habe ich die Weichen gestellt, als hätte ich mit zehn gedacht, dass es sicher voll cool wäre, wenn ich fast zwanzig Jahre später an einem Küchenfenster stünde und mich daran erinnere, wie ich mit zehn etwas entschieden habe.

Aber all die Beziehungen, Freundschaften, Erlebnisse und Entscheidungen, die auf diese erste folgten – sie wären nicht geschehen. Ich hätte gerne eine private kontrafaktische Geschichte gehabt. Mein eigenes Was-wäre-wenn-Szenario. Ob ich zufriedener damit gewesen wäre? Fraglich. Emmy hätte ich zum Beispiel niemals kennengelernt, oder auch Lea. Doch es wäre mir egal gewesen, in dieser anderen Realität. Stattdessen hätte ich andere Menschen getroffen und meine Probleme mit ihnen geteilt und gehabt. Möglicherweise stünde ich dann auch an einem Küchenfenster, irgendwo in einer anderen Stadt, mit einer anderen Frisur, einem anderen Lieblingsbier und einer tiefen Zuneigung für das öffentliche Universum. Leider gibt es für Flügelschlage kein Frühwarnsystem – für Tsunamis schon. Aber dann weiß man auch nur, dass gleich der harte Scheiß kommt. Man kann ihn zwar aus sicherer Distanz beobachten - passieren wird er dennoch.

Und so war meine Entscheidung als Zehnjähriger sicher auch daran schuld, dass ich mich über das Vibrieren auf meiner Arbeitsplatte erschreckte.

Wie immer ging ich in Deckung, bis ein Anruf ausgeschlossen werden konnte, ehe ich mich meinem Handy näherte. Lea traf sich heute mit ihren Freundinnen, sie war also zu beschäftigt für eine Nachricht an mich. Madelaine schrieb mir mit Sicherheit auch nicht, wobei ich mich echt geborgen gefühlt hätte, wenn meine Kellnerin mich auf meinem Stammplatz vermisste. Vielleicht Paul oder Max, weil sie mich länger nicht im Stadion gesehen haben. Oder die monatliche Rundnachricht von Sabrina, die allen Kontakten mitteilte, dass sie wieder eine neue Nummer hatte. In einer Quizshow wäre ich gerade kläglich gescheitert. Auf dem Display leuchtete Emmys Name.

Das Problem an Nachrichten auf dem Handy war: Auch wenn man sich lang genug tot stellte, sie verschwanden nicht und dachten: Dann komme ich eben später wieder. Sie blieben da. Bis man sie las. Ganz schön penetrant, wenn man so darüber nachdachte. Fast so wie ich, wenn ich betrunken bin. Mit dem Unterschied, dass ich charmant penetrant bin und nicht so penetrant wie Nachrichten, die selten unfassbare Fakten aus Dokus enthielten. Mir blieb wohl nichts anderes übrig, als einen Blick zu wagen.

»1. Lea, guter Fang! 2. Wir müssen über den Lockenstab reden. Das Konzert ist am Wochenende. 3. Nächstes Mal sagst du Bescheid wenn, du ins Kloster gehst und 4. habe ich vergessen.«

Erstens war mir mittlerweile auch bewusst, da meine auserkorene Alternative mich wiederum nicht als guten Fang ansah. Zweitens hatte ich total vergessen, aber da musste ich wohl durch. Drittens hängt vom Verlauf von Zweitens ab und Viertens hatte ich auch vergessen.
Trotz meiner Vermutung war die Nachricht gar nicht so schlimm. Zumindest grundsätzlich, die Sache mit Lea entsprach genau der Befürchtung, dass ich ein schriftliches High Five ernte statt einer Aussage wie: Du Idiot, dabei wollte ich dich doch haben. Zugegeben, sie hätte ein cooleres Schimpfwort als Idiot benutzt, aber so in der Art eben. Das Konzert wäre aber durchaus ein guter Anlass, um herauszufinden, ob ich nicht doch einfach das High Five erwidern konnte. Außerdem mochte ich Emmys Kommentare auf Konzerten, wenn die Frontmänner der Bands in jedem fucking Satz das fucking Wort fucking während ihrer fucking Ansagen nutzten, um uns im Publikum etwas mittzuteilen:

Wahlloser Frontmann: »Thank you very much! You germans are good fucking people!«
Emmy: »Soso. Das hat er also rausgefunden, obwohl er mir vorher nicht mal ein Mixtape gemacht hat.«

Der Konzertbesuch könnte also der Auftakt zu einer neuen Ebene unserer Beziehung sein. Also für mich - für sie war ja offensichtlich alles wie immer. Daran musste ich mich wohl gewöhnen und das funktionierte sicher besser durch Probieren statt Frustrieren. Das wussten schließlich schon die Maya, die statt sich zu langweilen einfach mal probiert haben, ob man vor dem Opfern von Menschen nicht einfach Ball spielen konnte anstelle frustrierten Wartens, bis irgendein höheres Wesen aus dem Jenseits befand: Danke, aber opfert doch bitte nächstes Mal jemanden, der mit Bier gefüllt ist. Möglicherweise ist so die großartige Idee des Stadionbiers entstanden. Ich sollte Emmy also fix antworten und dann recherchieren, ob es Dokus über mesoamerikanische Ballspiele oder Stadionbiere gab. Im Idealfall sogar in Kombination.

XXV.

Mir drängte sich die Frage auf, ob Waschbären eigentlich nachdachten. Sie brauchten schließlich keine Waschsalons und am Küchenfenster sah ich auch noch nie einen. Höchstens Heimwege wären potentielle Nachdenkoptionen für Waschbären. Aber Waschbären gelten als Gefangenschaftsflüchtlinge, sonst würden sie vermutlich weiterhin nur in Nordamerika und ausgewählten Zoos leben. In manchen Zoos hatten sie vielleicht sogar sowas wie Küchenfenster oder Waschsalons, die das Publikum befriedigen sollten, während es den Tieren beim Waschen zusah. Das heißt, dass sie durchaus doch Zeit zum Nachdenken hatten und auf die großartige Idee kamen auszubrechen.

Eine Idee, deren Nachahmung in vielen Fällen nahezulegen ist. Zum Beispiel wenn es um den inneren Tanzbären geht, der mal wieder raus musste. Emmy besaß so einen, zumindest machte es häufig den Eindruck, wenn wir aus irgendeiner dummen Idee heraus einen Club dem Kloster vorzogen und sie versuchte das Beste daraus zu machen. Und ihre Art zu tanzen zeigte viel, außer eben Tanz. Es stand mehr für ein Scheiß-drauf-Feeling, das vor allem dann gut kam, wenn man den Club betrat und sofort das Hier-kennt-uns-keiner-Gefühl spürte. Immer wieder trifft man auf Menschen, die der Meinung sind, dass das Tanzverhalten viel über sexuelle Leistung aussagt. Warum, das habe ich nie verstanden. Beim Tanzen gucken dir im blödesten Fall mehrere Leute zu und machen sogar noch mit. Unter diesem Umstand können sicherlich nur wenige auch auf der eigenen Matratze eine beeindruckende Performance hinlegen. Dennoch gab es genügend Menschen mit dieser Meinung, weswegen wir Clubs im Normalfall mieden, um eine gewisse sexuelle Mystik um uns herum aufzubauen. Hat natürlich keinen großartig gejuckt, aber wenn man Dingen in seinem Kopf eine gewisse Größe verlieh, wurden sie zu etwas Besonderem. Funktioniert zum Glück und blöderweise auch mit Menschen. Wobei ich mich häufig fragte, ob das ein Phänomen ist, das erst mit der Sprache kam. Davor konnte man seine Gefühle doch nur mit Höhlenmalerei und Ausdruckstanz zeigen. War man verliebt, konnte man es keinem sagen. Irgendwie traurig. Und selbst Höhlenmalerei war, zumindest in Anbetracht der erhaltenen Beispiele, kein wirklich probates Mittel. Okay, es kann natürlich durchaus sein, dass eine Höhlenmenschenfrau mächtig beeindruckt war, wenn ihr der Meister aller Jäger eine Kuh und ein Strichmännchen an ihre Wände malte. Klang trotzdem noch unbefriedigend. Dann vielleicht doch der Ausdruckstanz – vielleicht fußt darauf auch die Annahme, man könne vom Tanzverhalten Rückschlüsse auf den Sex ziehen. Wer kennt das denn nicht? Man jagt mit seinen Kumpels einen Säbelzahntiger und geht danach in die Disco, bewegt sich zu teilweise primitiver Musik und die anderen nicken begeistert herüber.

»Sieh an, mein Sohn, das sind wahrhaft stolze Jäger voller purer Manneskraft! Wir sollten ihnen ein Denkmal an die Toilettenwand malen. Bringe mir einen Edding und mein Ausgehfell!«

Wer hat ein solches Gespräch noch nie in einem Club gehört? Ich, okay, aber ich gehe für gewöhnlich ja auch nicht dorthin. Was sich ausnahmsweise heute mal wieder ändern sollte, da das Konzert in einem stattfand.

Wie schon unzählige Male zuvor war auch dieses Mal diese eine Ecke unser Treffpunkt. Einmal pünktlich sein, das war einer dieser Träume, die ich mir heute verwirklichte. Ich hatte sogar noch Zeit, um zwei Biere für den Weg zu organisieren, ohne dabei zu lange von Rico aufgehalten zu werden. Wenn man einen berechtigten Grund hatte, dann war er auch selten beleidigt, dass man keine Zeit für einen Smalltalk hatte. Das Wetter war heute ausnahmsweise gut und ich freute mich auf den Konzertabend. Für die Textsicherheit waren mehrere Durchgänge am Plattenspieler notwendig, aber wenn wir schon nicht groß rumzappeln wollten, dann sollte wenigstens Heiserkeit erreicht werden.

Von weitem sah ich Emmy näherkommen. Solche Momente waren schlimm, das war genauso an Ampeln, wenn auf der gegenüberliegenden Seite ein bekanntes Gesicht wartete und man sich grüßt, grinst, winkt und so weiter, aber irgendwie findet man es auch blöd, sich die komplette Rotphase über anzustarren. Auch wenn ich ausdrucksstarke Augenbrauen hatte, auf solch eine Distanz war es ziemlich schwer zu vermitteln, dass man nicht gleich mitten auf der Straße fragen musste, wie es einem ging und wohin man gerade unterwegs war. Falls die andere Person doch der Meinung war, dass ein kurzes Gespräch sein musste, dann sollte sie auf ihrer Seite stehen bleiben und mich genau dann gehen lassen, wenn die Ampel gerade wieder rot wurde.

Da aber die Dämmerung schon der Dunkelheit wich, war ein Anstarren gerade sowieso von keinem großem Erfolg gekrönt, da ich im Licht der Straßenlaternen immer nur einen flüchtigen Blick auf ihr vorfreudiges Lächeln werfen konnte, das sich unter ihrer Mütze verbarg. Während sie die letzten Meter in meine Richtung absolvierte, beschloss ich, dass heute wirklich nur ein ganz normaler Abend werden sollte. In ihrem Sinne, also die gleiche Nähe, die immer zwischen uns da war. Sie lieben als Freund und nicht als Freund-Freund. Gemeinsam Spaß haben, zu viel trinken, zu viele verwackelte Fotos schießen und nach dem Konzert vermutlich zu viel Zeit und Geld im Kloster lassen, ehe wir wieder den Heimweg antraten, der ab dieser einen Ecke sein Recht auf Individualität einfordern würde.

»Du bist aber auch 'ne Pflaume, warum erzählst du denn nix?«, fragte sie, während sie nebenbei mit ihrem Feuerzeug am Kronkorken verzweifelte.

Ich: »Hm, weißt ja wie das ist. Man will ja den Tag nicht vor dem Abend loben, sonst erzähle ich dir was und ein paar Stunden später ist da nur noch ein Trümmerhaufen.«

Emmy: »Früher kamst du völlig aufgeregt an, wenn eine Frau dich bei einer Begrüßung angelächelt hat.«

Ich: »Da war ich noch jung. Und wusste nicht, dass Kassiererinnen das eben so machen.«

Emmy: »Schwachkopf. Aber ne, cool, freut mich für dich. Vielleicht kriegst du es ja diesmal hin und es hält auch mal über einen Jahreswechsel hinaus.«

Ich: »Mal schauen. Ist ja nicht immer nur meine Schuld gewesen. Und was ist da mit dir und dem Typen ausm Kloster?«

Gut gespielt, aber eigentlich wollte ich die Antwort gar nicht so genau wissen. Die Tatsache, dass einer der wichtigsten Menschen, die ich kannte, jemanden kennt, der sie bald besser kennt und wichtiger wäre als ich. Und dabei war das gar nicht so fordernd gemeint, eher so investitionsmäßig. Als würden wir jahrelang ein Büffet aufbauen, aber sie bringt nur Käsespieße mit Weintrauben und ich ein Drei-Gänge-Menü, von dem sie alles alleine isst. Das war zum Glück bisher nicht so, aber wenn sie dann jemanden mit ans Büffet bringt, dann darf man sich doch Sorgen darüber machen, dass man nichts mehr abkriegt. Auch von ihr, keine Stunden mehr, kein Lachen, keine Inhalte aus ihrem Kühlschrank, keine alten und neuen Geschichten.

Emmy: »Oh Gott, nein, nicht was du denkst!«

Ich: »Ich habe ja noch gar nichts gedacht. Also schon, aber ich kenne den ja nicht und auf deiner Party und im Kloster war er mit dir unterwegs. Da hast du ja genauso nichts von erzählt. Was im Nachhinein wieder fair ist, ich habe ja auch nichts gesagt.«

Emmy: »Wenn ich mit meinem Cousin was anfange, dann erzähle ich es dir als erstem, damit du mich einliefern lassen kannst.«

Ich: »Cousin? Du hast eine Familie, die freiwillig mit dir rumhängt?«

Emmy: »Schnauze, Prost!«

Wir genehmigten uns einen großen Schluck und ich merkte, dass eine Überreaktion auch zu Mist führen kann - man sich zum Beispiel selber vom Markt nahm. Eigentlich mochte ich meine Glanzleistungen immer, aber gerade kam ich mir etwas dumm vor. Nicht, dass ich wieder umdenken wollte – dafür lief das mit Lea einfach zu gut. Aber es kam überstürzt aufgrund einer Fehlinterpretation. Und das saß mir nun bis zum alleinigen Heimweg im Nacken. Toll hingekriegt, Universum.

Von der Ecke aus ging es für uns weiter Richtung Hauptbahnhof. Wir nahmen die S-Bahn, welche uns ohne großen Zeitaufwand zum Ort des Geschehens bringen sollte. Das Konzert fand in einer alten Industriehalle statt, also in einer dieser unzähligen Locations, in die man eine Bar baut und die Toiletten kundengerecht gestaltet, sonst aber nicht viel macht. Es sollte ja Charme haben und man wollte das Ambiente nicht zerstören. Manchmal kamen die Betreiber sogar auf die glorreiche Idee, dass zumindest ein paar Heizpilze für mehr Besucher sorgten – gerade im Winter. Und ich musste zugeben, auch ich mochte die Atmosphäre in solchen Schuppen, aber eben nicht die Temperatur. Heute war das aber nicht das größte Problem, hunderte von tanzenden und grölenden Menschen würden den Raum schon passend aufheizen.

Während die Vorband gerade ihre Lieder präsentierte, parkten Emmy und ich uns vor dem liebevoll gestalteten Verkaufsstand mit den verschiedensten Band-Utensilien. Das war der Ort, an dem man sich vornahm, dass man zum nächsten Konzert mehr Geld mitnimmt oder die Platte, das Shirt oder das Tagebuch des Busfahrers der Band direkt morgen im Internet bestellt, es dann aber doch nicht machte. Wir schauten eigentlich auch nur so vorbei, ein bisschen Gestöber schadete schließlich nie und Geld zum Ausgeben hatten wir zwar dabei, es sollte jedoch lieber in Getränke investiert werden.

Nach einer halben Stunde Vorband und einigen Minuten Umbaupause begab sich der Grund unserer Anwesenheit auf die Bühne. Die ersten Takte erklangen, als wir mit neuen Drinks in der Menge verschwanden.

XXVI.

Nicht, dass es mich groß wunderte, aber auch der Konzertabend fand seine Fortführung im Kloster und sein Ende an dieser einen Ecke. Wieder waren weit und breit keine Drachen zu sehen. Emmy verabschiedete sich und wirkte dabei glücklich und dankbar über das Geschenk, das eigentlich aus einem normalen gemeinsamen Abend bestand, nur mit deutlich lauterer Musik.

Ich stöpselte meine Kopfhörer in mein Handy und suchte mir ein passendes Album für den restlichen Heimweg. Es sollte diese Art von Melancholie vermitteln, die man auf Heimwegen eben brauchte, wenn man emotional verwirrt war, dennoch aber irgendwie zufrieden darüber, dass man mit einer blöden Situation scheinbar umgehen konnte. Das Gefühl, das man bekam, wenn man ursprünglich eine Emmy wollte und eine Lea kriegte, was aber nun okay war. Von dem Beet, das ich für Emmy anlegte, würde ich mit Lea ernten. Und vielleicht werden wir gemeinsam einen ganzen Wald anpflanzen, ein Haus bauen und eine Fußballmannschaft zeugen. Die goldene Generation, die wieder Titel gewinnt, mit unserem Namen auf dem Rücken, wobei jeder Fan sie nur die Straßenbahnmannschaft nennt, weil romantische Geschichten eben auch im Stadion funktionierten. Und was ist romantischer als eine komplette von einer Straßenbahnbekanntschaft gezeugte Fußballmannschaft, die die Meisterschaft nach Hause holte? Oder wir würden eine Horde Wissenschaftler in die Welt setzen, die sich selbst replizierende Roboter aus dem Weltall bekämpft, um die Erde zu retten. Wer wusste das schon so genau.

Zu Hause hörte ich noch einmal das Album vom Heimweg und setzte mich mit dem Rücken an die Wand, winkelte die Beine an und legte meine Unterarme auf den Knien ab. Einfach durchatmen. In der Gewissheit, dass ich Tag für Tag etwas suchte, sogar der Meinung war es gefunden zu haben und letztendlich doch falsch lag. Der Zukunftsplan, der vor einigen Jahren noch daraus bestand, dass es abends Pizza geben sollte und ich am nächsten Morgen vermutlich aufstehe, wandelte sich mit dem Erwachsenwerden in zu viele zu blöde Fragen. Und ich entzog mich ihnen geschickt durch meine Beobachtungen durch das Weltraumteleskop in meinem Privat-Universum.

Das Beste an einem guten Album war die Möglichkeit es wieder und wieder von vorne zu hören. Mit Momenten ging das leider nicht. Man konnte zwar alle Leute wieder zusammentrommeln, am selben Ort, zur selben Zeit und unter einem selben Vorwand, aber die Unbeschwertheit der Erstmaligkeit kam nie wieder. Schade eigentlich. Aber was würde es nützen, wenn ich alte Momente noch einmal von vorne beginnen könnte, nur um dann vielleicht an der einen Kreuzung anders abzubiegen. Es war sinnvoller, die neuen Momente zu genießen. Die mit Lea, die mit Emmy, die mit allen anderen. So hinterließ man sicher auch Spuren. Ich wollte nie wissen, was man an mir schätzt oder warum mancher gerne Zeit mit mir verbringt. Denn genau dann fixierte man sich immer so darauf, bis es irgendwann nicht mehr ehrlich wirkte. Und jetzt war ein guter Zeitpunkt, um wieder ehrlich zu sein, vor allem zu mir selbst. Der geplatzte Traum musste nicht bedeuten, dass kein neuer geträumt werden konnte.

Dann begann das Album wieder von vorne.

XXVII.

Ich wusste nicht, wie oft das Album eigentlich durchlief. Ich wusste nur, dass ich hier an der Wand lehnend eingeschlafen bin. Außerdem wurde ich das Gefühl nicht los, dass mich irgendetwas geweckt hatte. Es vibrierte neben mir auf dem Fußboden. Mehrfach. Lea.

Auf meine verschlafene Begrüßung machte sie mir etwas belustigt deutlich, dass ich mich nicht totstellen solle, wenn sie an der Tür klingelt – gerade, wenn wir verabredet waren. Immerhin wusste ich nun: Es war die Klingel, die mich weckte. Etwas ungelenk erhob ich mich vom Fußboden und trottete zur Wohnungstür, wo ich den Summer betätigte und Lea hereinließ. Während sie die Treppen zu mir aufstieg, wechselte ich das Album. Meine Nachbarn konnten es bestimmt nun von vorne bis hinten mitsingen.

Lea drückte mir einen Kuss auf den Mund. Das war einer dieser Küsse, die ich so gerne hatte – wenn jemand von draußen kam und eine kalte Nase hatte, die dabei sanft auf die Wange stupste. Kalte Nasen sollte man auch mit Käse überbacken können. Ich nahm eine der Einkaufstüten und trug sie mit Lea in die Küche. Sie hatte uns etwas für das Abendbrot besorgt und alles Nötige, um morgen endlich mit dem Frühstücken anzufangen.

Bevor wir gemeinsam am Herd scheiterten, wollten wir noch etwas zusammen unternehmen. Ich hatte ihr kürzlich einige Optionen vorgestellt, die alle mit fahren zusammenhingen. Größtenteils als

Ersatz für die Unmöglichkeit einer Teilnahme an einem Destruction Derby. So schlug ich Mähdrescher fahren, Bagger fahren, Tretbootschwan fahren und Laufrad fahren vor. Wobei ich nicht sicher war, ob man ein Laufrad fährt oder läuft. Eine weitere Alternative wäre die feindliche Übernahme eines Schaufelradbaggers gewesen, mit dem wir dann eine Schneise der Zerstörung durch die Stadt hätten schlagen können. Das fand sie zwar lustig, wollte es aber aufgrund der drohenden Gefängnisstrafe lieber erst im Rentenalter durchführen. Sie entschied sich also für den Tretbootschwan.

Wir parkten ihre Einkäufe im Kühlschrank und machten uns auf den Weg zur Straßenbahn.

»Wie war denn das Konzert eigentlich?«, wollte sie wissen, als wir endlich einen Platz gefunden hatten.

Ich: »Spektakulär. Sowas habe ich eigentlich noch nie erlebt bei einem Konzert. Nachdem die das erste Lied gespielt haben, haben die noch eins gespielt und das fast zwanzigmal. Echt abgefahren.«

Lea: »So scheiße?«

Ich: »Ne, Quatsch, war schon cool. Aber auf Platte find ich die irgendwie besser. Aber Emmy hat sich gefreut. Was hast du so getrieben?«

Lea: »Och ... ich hab so einen Brillen-Film gesehen.«

Ich: »Brillen-Film? Also in 3D oder wie?«

Lea: »Ne, so einen Katastrophen-Action-Mist, wo einer immer die Brille abnimmt und sich mit einer Hand die Augen reibt, wenn alle erfahren, dass der

Präsident gestorben ist« - während ihrer Worte führte sie diesen Meistergriff des Filmhandwerks mit ihrer eigenen Brille vor.

Ich: »Es gibt so viele Filme davon, dass man dafür ein eigenes Genre erfunden hat?«

Lea: »Keine Ahnung, es muss ja nicht immer der Präsident sterben. Brillen werden eben generell bei Hiobsbotschaften abgenommen.«

Ich: »Vielleicht sind es dann quasi Bibelfilme.«

Lea: »Ich glaube nicht. Nein.«

Und so verlief das Gespräch auch den Rest der Fahrt weiter. Filme, Tätigkeiten, Pläne, Speisen und was eben alles zwischen Ein- und Aussteigen passte. Wer gute und gleichzeitig mehr oder weniger intime Gespräche in einer Straßenbahn führen konnte, der war für mich ein wahrer Meister der Rhetorik. Die Lautstärke musste passen, damit der Gesprächspartner alles verstand und unbeteiligte Fahrgäste nicht zu viel mitbekamen. Gleichzeitig sollten die Themen und Aussagen so gewählt werden, dass im Notfall – also andere Mithörer – kein Rückschluss auf irgendetwas möglich war. Es sei denn, man war mitteilungsbedürftig und jeder in der Bahn sollte wissen, was man so plant, wohin man fährt und dass das mit dem Durchfall gestern wohlmöglich von den Eiern kam, die schon Wochen im Kühlschrank lagen. Das waren meistens die Menschen, die in der Bahn telefonierten. Wir konnten eigentlich froh sein, dass wir unzählig viele Worte zur Verfügung hatten, aber man musste seine Freude ja nicht gleich mit der ganzen Welt teilen. Wobei ich mich fragte, wie das eigentlich war, als das Rad erfunden wurde, aber noch nicht alle Wörter.

Erfinder des Rads: »Guck mal, ich hab so ein rundes Ding erfunden, damit kann man bestimmt irgendwas machen!«
Kumpel vom Erfinder des Rads: »Abgefahren!«
Erfinder: »Das Wort gibt es noch nicht, ich hab doch gerade erst das Rad erfunden. Also ist es ja eher abgelaufen oder abgerutscht. Hoffentlich werden diese schönen Worte niemals mit Essen und Kletterunfällen in Verbindung gebracht.«
Kumpel: »Und was kann man nun damit machen, wo das Fahren noch nicht erfunden ist? Vielleicht sollten wir ein Strichmännchen und eine Kuh an eine Höhlenwand malen. Dabei fällt uns sicher etwas ein.«

Vielleicht war Höhlenmalerei auch eine Art Vorform des Telefonierens in Straßenbahnen.
Wir erreichten unser Ziel und stiegen aus der Bahn aus. Es war nicht mehr weit bis zum Steg mit den Tretbooten, dennoch konnte man die Zeit prima für ein Eis oder ein Bier nutzen. Die Entscheidung fiel auf eine Kombination aus beidem und dementsprechend langsameres Laufen als sonst. Der Weg hinunter bestand aus Sand und Kies und ich dachte mir, als es nach zwei Metern im Schuh piekte: Selbst mit einem hermetisch abgeriegelten Ganzkörperanzug würde bestimmt mindestens ein Kieselsteinchen irgendwie unter den

Fuß gelangen und nerven. Kieselsteine hatten bestimmt so eine Art Dimensionsloch gefunden oder konnten durch Materie dringen und da sie der Menschheit weit überlegen waren, demonstrierten sie ihre Macht, indem sie zwar durch die Materie des Schuhs drangen, nicht aber durch unsere körperliche. Um ihre Allgegenwärtigkeit zu verdeutlichen. Ich beschloss Kieselsteine in meinem Privat-Universum zur Liste der unerwünschten Dinge hinzuzufügen. Dort gesellten sie sich zum Beschlagen von Brillengläsern und Thunfischpizzen.

Der Geruch des Sees lag uns bereits in den Nasen, als wir die letzten Meter auf dem Kiesweg hinunterspazierten. Dafür, dass die Stadt selbst eher wahllos zusammengewürfelt erscheint, waren bei der Anlage des Freizeitbereichs um den See äußerst penible Menschen zu Werke. Oder die Natur dachte sich: Och komm, wenn irgendwann mal Leben entsteht, dann freut sich das bestimmt über Bäume, die in einer Reihe stehen und Blumenbeete, die rechteckig Wege begrenzen, die von den Lebewesen dann angelegt werden könnten.

Am Steg parkten diese grünen und blauen Tretboote, auch so ein Tretboot mit integrierter Rutsche schaukelte hier traurig vor sich hin. Vor einigen Jahren wurde hier im See das Baden größtenteils verboten, außer in bestimmten abgesteckten Bereichen. Dort war wiederum Tretbootfahren nicht mehr erlaubt. Schade eigentlich, denn so eine mobile Rutsche war zumindest für mich als Kind immer die beste Erfindung der Menschheitsgeschichte gewesen.

Ganz hinten, zwischen zwei blauen Booten, wartete der Tretbootschwan auf den nächsten Ausritt. Ein bisschen in die Jahre gekommen war es, das stolze Tier: Am Schnabel schälte sich langsam, aber sicher die Farbe ab, die Augen waren nur noch schwer zu erahnen und diverse Schrammen waren stumme Zeugen der Schwierigkeiten des Einparkens mit Tretbooten.

In einem Häuschen, das Kiosk, Tretbootverleih, Vereinsheim und bestimmt auch Treffpunkt einer Geheimgesellschaft in sich vereinte, saß ein junges Mädchen hinter der Verkaufsscheibe. Man sah ihr an, dass ihr Studentenjob deutlich geiler wäre, wenn sie auch ab und an mal mit den Tretbooten rausdürfte, statt sie nur einzuparken. Einparken war nur beim Auto-Scooter ein cooler Job, wenn man sich lässig auf den Einstieg setzte und die Teile in ihre Ausgangsposition zurückbrachte, während sich Gruppen von Jugendlichen stritten, wer mit Jennifer und wer mit Marie im Scooter sitzen durfte.

Ich traute mich nicht so recht anzuklopfen. Das Mädchen hinter der Scheibe tippte Kaugummi kauend auf ihrem Handy herum und schien wenig interessiert daran zu sein, uns den Tretbootschwan zu verleihen. Sie hieß Johanna, so sagte es mir zumindest die krakelige Schrift auf ihrem Namensschildchen. Lea ging deutlich entschlossener zur Sache als ich und klopfte laut an die Scheibe. Johanna schreckte hoch und schob das Fenster beiseite, um unseren Wunsch entgegen zu nehmen.

Sie: »Guten Tag, was darf's denn sein?«

Ich: »Hallo, meine Freundin und ich wollen mit dem Schwan 'ne Runde drehen. Wie teuer ist das denn und wie lange dürfen wir fahren?«

Sie: »Die Preise können Sie alle dem Schild da draußen entnehmen. Halbe Stunde zum Beispiel kostet fünf Euro.«

Ich: »Einverstanden.«

Lea: »Soll ich zahlen oder du?«

Ich: »Kommt drauf an wer lenken darf. Darf ich lenken? Dann zahle ich das auch.«

Lea entwich ein Seufzer, ich akzeptierte dies als ein Ja und zahlte Johanna das Geld.

Sie: »Sie können ruhig schon mal zum Steg, ich hole eben den Schlüssel und mache Ihnen auf.«

Wir gingen langsam in Richtung der Gittertür, die Schurken und Räuber davon abhalten sollte sich unbezahlt eine Ausfahrt zu gönnen. Wobei ich mich fragte, warum die nicht einfach dahin schwammen, es waren ja schließlich Schurken und Räuber und die Gittertür war nur auf dem Steg und nicht daneben.

Johanna trottete gelangweilt in unsere Richtung und öffnete uns die Tür.

Sie: »Also von jetzt an eine halbe Stunde, bitte fahren Sie rechtzeitig wieder zurück. Und keinen Alkohol an Bord des Tretbootes. Viel Spaß.«

Hinter uns sperrte sie die Tür ab und ich fragte mich, ob wir jemals wieder aus diesem Tretbootgefängnis herauskommen würden, wenn sie unsere Rückkehr nicht wahrnahm. Schwimmen war schließlich verboten und ich war kein Schurke, Lea keine Räuberin. Aber vielleicht würde sich Johanna einen Wecker stellen und rechtzeitig wieder in Richtung Steg schauen.

Wäre Lea nicht meine Freundin, hätte ich wohl etwas Angst vor dem Einstieg gehabt. Tretboote wackeln immer so und wenn man nicht ins Wasser fiel, dann zumindest gepflegt auf die Fresse. Heute klappte es dennoch einwandfrei und nachdem ich sicheren Stand im Schwan hatte, reichte ich ihr meine Hand, um ihr den Einstieg zu erleichtern.

Ich: »So, wo fahren wir jetzt hin?«

Lea: »Kennst du die Ecken, wo die Kiddies immer abhängen zum Rumknutschen? Lass da mal hin und applaudieren oder so.«

Ich: »Mir gefällt Ihre Denkweise, Fürstin von Straßenbahnien. Dann mal Vollgas!«

Leider ließ sich dieser Elan nicht in Geschwindigkeit umsetzen und so legten wir langsam ab und strampelten dem Steg davon. Das Wetter war gut genug, um zumindest ein oder zwei knutschende Pärchen zu erwischen. Wahrscheinlich luden so viele Jungs ihre Angebetete hierhin ein, um von Tretbooten aus gesehen zu werden. Nicht, damit Kumpels zugucken konnten, sondern eher, weil man anschließend ein gemeinsames Erlebnis hatte und so tun kann, als wäre das zufällig passiert. Dabei waren die Tretbootfahrer mit Sicherheit bereits einkalkuliert.

Wir traten in die Pedale und fuhren verschiedenste Ufer an. Einmal im Jahr ging Tretbootfahren definitiv klar, für mehrere Durchgänge innerhalb von zwölf Monaten war der See aber deutlich zu klein. Auf dem Balaton mit einer mobilen Rutsche, das ginge selbstverständlich häufiger. Dort ist zum einen mehr Platz, zum anderen dürfen dort die mobilen Rutschen noch genutzt werden. Das Mädchen hinter der Scheibe tat mir ein wenig Leid. Aber Tretbootverleiher ist eben nicht immer Tretbootverleiher, ähnlich wie beim Veranstaltungskaufmann. Mit Glück landet man bei einem internationalen Unternehmen und betreut große Festivals – oder man kommt beim Hüpfburgverleih in der Kleinstadt unter. Hätte natürlich auch was, aber sobald man die große Alternative kennt, erscheint die kleine nahezu mikroskopisch.

Als wir nach Ablauf der Zeit zum Steg zurückkehrten, erwartete Johanna uns bereits.

Sie: »Ich hoffe, Sie hatten Spaß.«

Ich: »Durchaus. Erfolgreich zwei verliebte Pärchen beim Knutschen gestört und sonst eben das übliche majestätische Gleiten über den See.«

Sie: »Na dann.«

Ich: »Im Übrigen bin ich der Meinung, dass wir Freunde werden sollten. Wir können uns ja weiterhin siezen.«

Es war nicht so genau rauszuhören, ob zuerst Lea oder zuerst Johanna Verwirrung äußerte.

Beide vermutlich gleichzeitig: »Was?!«
Ich: »Wer will denn nicht mit jemandem befreundet sein, der bei einem Tretbootverleih arbeitet?«
Lea: »Wir sollten vielleicht gehen, bevor dich die Arme noch für verrückt hält.«
Johanna lachte vor ihrer Antwort: »Eigentlich fand ich das ziemlich cool, man langweilt sich hier ja ständig.«
Lea: »Dann kommen wir eben öfter vorbei, aber langsam müssen wir echt los. Wir wollten noch kochen.«

Sie schob mich langsam, aber bestimmt in Richtung Kiesweg. Ich winkte Johanna noch einmal, als sie die Gittertür abschloss und dachte: Wo, wenn nicht im Tretbootverleih, könnte man sonst noch Freunde fürs Leben finden?

XXVIII.

Auf dem Rückweg wirkte Lea etwas reserviert. Sie war der Meinung, ich könnte doch nicht vor ihren Augen andere Mädchen anflirten. Ich war der Meinung, wir könnten eine Freundin mit Tretbootverleih gut gebrauchen. Wir redeten vermutlich aneinander vorbei, auf der anderen Seite konnte ich sie aber verstehen. Immerhin hatte ich sie damals auch einfach so angesprochen. Nur hatte sie keinen Job beim Tretbootverleih. Aber Filme und das Internet lehrten mich: Ich sollte mich einfach entschuldigen anstatt weiter zu diskutieren. Außerdem wollten wir zu Hause gemeinsam kochen, das sollte mir durch zu viele Worte in der Bahn nicht verwehrt bleiben. Denn Lea war in dieser Hinsicht deutlich begabter als ich - einer der Gründe, warum ich sie mochte.

In der Küche ließ sie sich auf ihren Platz fallen und zündete sich eine Zigarette an. Sie lehnte ihren Kopf an die Wand, während ich für Musik sorgte und die ersten Vorbereitungen für unser Essen traf. Also Zwiebeln und Paprika schneiden, Bohnen und Mais abtropfen lassen und die Pfanne warm werden lassen.

Lea: »Wenn das Öl in der Pfanne heiß ist, dann hau ein paar Gewürze drauf. Vor allem viel Kreuzkümmel!«

Ich: »Was zur Hölle ist Kreuzkümmel?«

Lea: »Du kennst das nicht? Es riecht wie nach nem Sportfest im Altenheim, aber schmeckt, als hätte Gott selbst in die Pfanne geweint.«

Ich: »Wolltest du mich jetzt davon überzeugen oder davon abbringen?«

Lea: »Jetzt hau das Zeug schon rein!«

Vorher roch ich aber an dem kleinen Behälter, den ich aus ihrer Tasche kramte. Da ich selber keinen besaß, brachte sie ihren von zu Hause mit. Ich probierte also eine Nase und wusste sofort, was sie mit dem Sportfest meinte. Dennoch bestand ein seltsames Suchtpotential. So wie manchmal bei Eigenschweiß, wenn er hart erarbeitet wurde und nicht durch die Temperatur zustande kam.

Die Mixtur aus dem Öl und den Gewürzen trug einen angenehmen Geruch in die Küche. Zu dem Brutzeln des frischen Hackfleisches in der Pfanne gesellte sich das Zischen zweier Bierflaschen und während ich mit dem Küchenfreund herumhantierte, um das Fleisch zu verkleinern, legte Lea ihren Kopf an meine Schulter und ihre Arme um meine Hüften. Es fühlte sich schön vertraut an, so dass ich mir ein Lächeln nicht verkneifen konnte. Das war dieses Gefühl der Besiegbarkeit des Unmöglichen, dass man aus einem kleinen Holzverschlag einen ganzen Skyscraper werden lassen konnte, wenn man sich nur lange genug aufeinander einlässt. Solche Momente kaputt machen, da war ich eigentlich immer ziemlich gut drin. Zum Beispiel dem Partner sinnlich ins Ohr rülpsen. Heute unterließ ich es lieber. Vielleicht würde ab und zu normales Verhalten dazu führen, dass man mich ab und zu auch mal für normal und nicht verrückt hält. Dabei waren eigentlich alle anderen verrückt. Schließlich gaben sie sich mit dem öffentlichen Universum ab.

Lea ließ ab und tanzte passend zur Musik ein wenig durch die Küche, bis sie wieder am Tisch ankam und sich die zwei Bier schnappte. Sie reichte mir eines davon und wir stießen auf unseren Abend an. Nach einem großen Schluck warf sie wieder einen kritischen Blick über meine Schulter. Scheinbar fiel ich durch, da sie anschließend das Ruder übernahm und meinen Protest durch einen Kuss unterdrückte. Okay, dachte ich, die Musik ist eh gleich durch und eine neue Platte musste her. So hatten wir beide etwas zu tun.

Wir unterhielten uns über den weiteren Abend beziehungsweise darüber, was wir während und nach der Nahrungsaufnahme machen sollten. Die Entscheidung fiel auf einen Film, ich durfte aussuchen und sie, so zufrieden sie auch gerade wirkte, war sich der Konsequenzen dieser Tatsache noch nicht bewusst.

Ich: »Du hast gestern einen Bibel-Brillen-Action-Katastrophen-Film geguckt, also fällt das heute weg. Ich hätte Bock auf einen Zombie-Film, oder einen guten Thriller, oder einen Zombie-Thriller. Vielleicht auch was mit Zombies. Magst du Zombie-Filme?«

Lea: »Hast du nicht was Lustiges oder einen Liebesfilm? Bei so Horrorkram verstecke ich mich doch eh den halben Film hinter einem Kissen.«

Ich: »Also ich hätte einen lustigen Liebesfilm. Mit Zombies. Damit wäre meine Entscheidungsgewalt nicht untergraben und du könntest trotzdem mitschauen. Ich beschütze dich auch vor den bösen Szenen.«

Lea: »Yay, du Held. Na gut, dann mach mal fertig. Essen dauert noch einen Moment.«

Ich: »Deine Begeisterung ist fast so groß wie bei einer Schulklasse, deren Tagesausflug ins Naturkundemuseum geht.«

Geschmäcker sind bekanntlich verschieden, aber da musste sie nun durch. Sie würde früh genug noch mit mir ihre Arztserien gucken dürfen, die ich dann kommentieren würde, bis sie eingesteht, dass es natürlich großer Quatsch ist, aber sie mag es nun einmal. Mich mochte sie ja auch, obwohl ich großer Quatsch war. Vielleicht war ich eine Arztserie.

Heute wäre ich zumindest gerne eine gewesen, dann hätte ich alles auskurieren können, was das Essen auslöste. Als Lea mir sagte, ich solle ordentlich würzen, landete leider etwas zu viel Chili im Gesamtwerk. Das merkten wir an der Schärfe und an dem starken Taschentuchgebrauch aufgrund laufender Nasen. Weitere Nebenwirkungen dürfte die nächste Keramiksitzung offenbaren.

Wie versprochen kuschelte Lea mehr mit einem Kissen als mit mir, falls der Film doch mal durchsickern ließ, warum er nicht ab sechs Jahren freigegeben war. Mich belustigte das manchmal etwas zu sehr, gerade in ruhigen Szenen amüsierte mich eine hektische Bewegung meinerseits mehr als sie. Trotzdem konnte sie auch gut über den Film lachen und so gab sie pünktlich zum Abspann doch noch zu, dass der Film ja doch nicht so übel war. Mehr wollte ich auch gar nicht hören, ihre Anti-Zombie-Phalanx war gebrochen und das nächste Mal konnten wir dann eine Stufe aufsteigen.

Ich stellte mir nie die Frage, wie krank man als Regisseur von Splatter- oder sonstigen Horrorfilmen eigentlich sein musste. Gerade in Filmreihen, wo sich der Härtegrad von Tod und Folter immer weiter steigerte. Möglicherweise lag das einfach in der menschlichen Natur. Wenn man schon nicht die eigenen Grenzen erforschen wollte, dann doch wenigstens die anderer. Anders wäre man vermutlich nie auf die absurden Foltermethoden unserer Vorfahren gekommen.

Folterknecht: »Ich habe da so eine Idee, die euch interessieren könnte. Und zwar habe ich unseren Strafenkatalog durchforstet und war der Meinung, wir sollten variabler werden. Zum Beispiel bei Kutschendiebstahl: Da könnten wir doch ein riesiges Rad bauen, dem Dieb alle Knochen brechen und ihn dann in das Riesenrad flechten und einen Hügel runterrollen lassen. Damit er merkt, wie weh das der gestohlenen Kutsche getan haben muss, dass sie unrechtmäßig bewegt wurde.«

Anderer Typ: »Stirbt der dann nicht, anstatt etwas aus seiner Tat zu lernen?«

Folterknecht: »Ein bisschen Schwund ist immer. Und wenn dann alle gemerkt haben, wie blöd Kutschendiebstahl ist, könnten wir Gondeln an das Riesenrad hängen und den Jahrmarkt erfinden.«

Eigentlich traurig, welche Vorgeschichte Jahrmärkte eigentlich hatten. Aber die waren eben die reinste Folter. Anders konnte ich mir das nicht erklären.

Nach Ende des Filmes stöberten wir noch durch das Fernsehprogramm auf der Suche nach einer guten Dokumentation und wurden fündig: Kontrafaktische Szenarien - was wäre, wenn die Dinosaurier nie ausgestorben wären. Klang geil, aber als dann der erste Reptiloide Zeitung lesend und Kaffee trinkend in einer Bar saß, wurde es mir irgendwie zu blöd und ich schaltete um. Nachts laufen immer so schöne amerikanische Sendungen aus den 80ern und 90ern über die Aufklärung von Kriminalfällen. Alles längst überholt, vermutlich schon bei der Erstausstrahlung, aber das war noch besser als nichts. Und um einiges besser als Dauerwerbesendungen für ein 30 CDs umfassendes Schlagergesamtwerk von Künstlern, deren Namen ich ohne diese Ausstrahlung bei Nacht niemals gehört hätte.

Neben mir widmete sich Lea der Vernichtung eines Regenwaldes und ich entschied, dass man zur Abwechslung ja auch eine Nacht im Wohnzimmer pennen konnte und schlummerte mit der Zeit ebenfalls friedlich auf dem Sofa ein.

XXIX.

Auch in den nächsten Wochen änderte sich wenig. Lea und ich waren ein eingespieltes Team, vor allem nach außen. Nach innen gab es hier und da kleinere Eruptionen, die Pompeji zwar stehen ließen, aber so manche Fassade mit sich rissen. Es war wie in einer ausgeschlachteten Filmfranchise, das nur noch durch seine Fans lebte und auch die wussten mittlerweile, dass auch die nächste Fortsetzung nicht viel Neues etablieren wird, um als innovativ zu gelten. Die Spannung und der Nervenkitzel aus dem ersten Film war weg und wir zwei Schauspieler machten unseren Job, solange wir noch Spaß daran hatten, gemeinsam zu drehen. Irgendwann sind die Kapazitäten einfach aufgebraucht, ab diesem Zeitpunkt ist dann die Kreativität gefragt. Ob die Kurve noch gekriegt wird oder nicht. Und all diese Gedanken, obwohl nichts im Argen lag. Nur der große Fortschritt blieb aus.

Die Lichtspiele der Stadt, der Ampeln oder der Autos, die man nachts auf der Autobahnbrücke beobachtet, wirkten nicht mehr so aufregend flimmernd. Die Entscheidung, ausnahmsweise mal zu Hause zu bleiben, wurde nach und nach ein Regelfall und man mutierte langsam, aber sicher zu dem, was man immer vermeiden wollte. Verkümmernde Abenteuerlust und das Reißen der Leinen zur Außenwelt, die einen nicht mehr einlud, weil nach all den Absagen nun das Stempelkissen bemüht wurde – abgelehnt, es wird sowieso abgesagt.

Ein getragener Rock-Song und eine Kippe sechs Uhr morgens vorm Waschsalon. Neben einem liegt das belegte Brötchen und der Kakao aus der Glasflasche. Im Film würde man das Gefühl wohl genau so ausdrücken.

Der Blick durch das Weltraumteleskop in das große öffentliche Universum war hoffnungserfüllter als sonst, obwohl ich auf gar nichts hoffte. Da war nur die Erinnerung daran, wie schön es war, als man hier noch alleine stand und wollte, dass genau das aufhört. Als man sich fragte, was hinter all den Scheiben passiert, in denen noch Licht brannte oder wo es gerade erlosch. Ob es denen da drüben gut ging oder sie nur im Urlaub waren, weil schon lange nichts mehr von dort durch die Fenstergläser leuchtete.

Mit einem Hauch an die Scheibe erhielt man eine wunderbare Postkarte. Hierauf war Platz für ein Herz, einen Namen, einen Besserungswunsch. Und ein einfaches Wegwischen von alldem. Ein Gruß über die Dächer an unbestimmte Adressaten oder an jemanden, der eventuell darauf wartete.

Vielleicht war das dieses Ankommen in der Normalität, die für mich am Fenster so absurd erschien, dass ich direkt weiter wollte. Ein kleiner Rastplatz vielleicht, an dem man kurz pinkeln geht, einen Snack für die Fahrt besorgt und dann weiterfährt. Mit einem kurzen Streifen der dortigen Geschichten, geritzt in und gekrakelt an Toilettentüren, erlebt zwischen Tischen und Autotüren. Um dann wieder in den Tunnelblick zu verfallen, mit dem man zum Ziel fährt – ohne die leiseste Ahnung, wo das eigentlich sein soll.

Ich erinnerte mich genau an den Flügelschlag, das Erlebnis, das mich hierher brachte. Diese elenden Schmetterlinge.

XXX.

Heute hatte ich Geburtstag. Ein guter Grund, um ausnahmsweise einmal nicht abzusagen, sondern einzuladen. Nichts Großes, nur ein paar enge Freunde, gestopft in meine Wohnung, gefangen mit ein paar Kästen Bier und guter Musik.

Außerdem konnte ich zu diesem Anlass mal wieder meine Wohnung putzen. Lea bot mir ihre Hilfe an, aber so groß waren meine vier Wände nun auch wieder nicht. Zumal ich so konzentrierter und mit lauterer Musik arbeiten konnte. Nichts gegen gute Gespräche, aber abwaschen, putzen und aufräumen, versunken in einer guten Platte und guten Gedanken, das war unbezahlbar.

Ich sagte ihr, sie kann sich stattdessen mit den anderen treffen, Grundlagen für den Abend schaffen oder was sonst so gemacht wird, bevor man zu einer privaten Party in einem privaten Universum ging. Manche bereiteten auch noch Geschenke vor. Auf eine gewisse Art und Weise freute ich mich selbst natürlich immer über Geschenke, aber ich verfügte nicht unbedingt über die schöne Gabe, Freude auch adäquat auszudrücken. Dabei war ich selbstverständlich immer dankbar, aber ungewollt im Mittelpunkt stehen, das hasste ich. Darüber hatte man zu wenig Kontrolle.

Für meinen Putzmarathon kaufte ich mir extra Gummihandschuhe, um auch in die finstersten Ecken meines Drecks vordringen zu können. Leider hatte ich nicht beachtet, dass es sogar für

Gummihandschuhe unterschiedliche Größen gibt und so freundete ich mich vorsichtshalber mit dem Gedanken an, dass ich den Rest meines Lebens gefangen war. Viel Schmutz und Staub offenbarte sich letztendlich auch gar nicht. Seit Lea regelmäßig bei mir vorbeischaute, wurde ich deutlich reinlicher als zuvor. Oder anders gesagt: Ich entwickelte eine Art Perfektion, wenn es darum ging, Staub geschickt unter Regale zu schieben. Zur Not auch durch Pusten. Eines Tages werde ich unter dem Sofa bestimmt ein verstörtes Staubmonster hervorholen, mit dem ich mich dann anfreunde und Tretbootschwan fahre.

Die Wohnung musste auch nicht unberührt aussehen. Ich suchte also den Mittelweg zwischen neu und renovierungsbedürftig seit 1984. Auch wenn ich an der Tür jedem sagte, er solle seine Schuhe ausziehen – wenn Pegel und Uhrzeit bestimmte Werte erreichen, spielte das keine Rolle mehr.

Schweren Herzens entsorgte ich ganze Zivilisationen aus meinem Kühlschrank, um genügend Bier kalt zu stellen. Die Schnapsgläser spülte ich noch einmal mit heißem Wasser durch. Man besaß aus irgendeinem Grund ja immer hunderte davon, brauchte aber nie mehr als drei oder vier. Perfekte Staubmagneten und mit Restfüllung sogar gute Insektenfallen.

Ich hatte extra Baguettes besorgt, die kleingeschnitten und mit Belag in den Ofen sollten, um auch ein paar Snacks anbieten zu können abseits der Klassiker aus dem Chipsregal im Supermarkt. Aus purer Freundlichkeit heraus zauberte ich sogar vegane Kleinigkeiten, da musste man heutzutage ja immer dran denken. Nicht so wie früher, als Rauchen und Fleisch noch überall erlaubt waren beziehungsweise als Gluten noch nicht verantwortlich für alles Böse in der Welt war. Es hieß immer so schön: Wissen ist Macht. Und zwar die Macht der Angst. Kaum weiß der Mensch mehr, ist alles viel gefährlicher. Älter wurde man dadurch aber auch nicht. Rauchende Metzger mit Alkoholproblemen konnten auch im Mittelalter schon 80 werden. Davon war ich überzeugt.

Als einst das Karolingerreich unterging und das moralische Niveau sich auf Bodenhöhe befand, da befasste man sich mit all diesen Memento-mori-Ideen, im Barock hielten es Künstler für sinnvoll überall Schädel in ihren Werken unterzubringen, um Vergänglichkeit zu symbolisieren. Warnhinweise auf Verpackungen als zeitgenössisches Vanitas-Stillleben. In irgendeiner städtischen Galerie sollte man darüber mal eine künstlerische Gegenüberstellung draus machen. Ich würde es angucken, wenn der Eintritt frei wäre.

Geburtstag haben stand mit solchen Darstellungen auch auf einer Ebene. Wieder ein Jahr und alle feiern mit einem die eigene Vergänglichkeit – bestimmt aus dem Grund, weil sie alle mitgeholfen haben, dass man dem Ableben immer näher kommt. Was nicht einmal negativ gemeint war. Verging die Zeit schnell, schien man die gemeinsame Zeit sinnvoll genutzt zu haben. Auch heute stand das auf dem Plan und ich war froh nicht reingefeiert zu haben. Eigentlich mochte ich das ganz gerne, weil die Gäste dann bis 0 Uhr an die Party gebunden waren. Aber dann war man den Rest seines Geburtstages immer nur ein Häufchen Elend.

Im Bad traute ich mich erstmals an den lockeren Klodeckel, jetzt, wo ich Gummihandschuhe hatte. Große Probleme bereitete mir das abenteuerliche Wackeln während der Keramiksitzungen eigentlich selten, aber ob er der Belastung mehrerer Gäste standhielt? Bei der Gelegenheit konnte ich auch direkt den Staub auf den Rohren hinter der Toilette wegwischen. Blöderweise gab es im Bad kein Sofa, unter das man den ganzen Staub pusten konnte.

Nach getaner Arbeit wechselte ich von meiner Putz-Musik zur Party-Playlist, die lang genug für zwei Geburtstage war. Und irgendwer würde sie sowieso ausschalten und was anderes anmachen. Ein Stich ins Herz eines jeden Playlistliebhabers mit zu viel Zeit für das Erstellen dieser. Geduscht hatte ich bereits vor der Aufräumaktion, damit das Bad bei Ankunft der Gäste nicht noch im Dunst meiner Liebe für Wärme liegen würde. Als die Musik also lief, konnte ich mich direkt einem ersten Feierabendbier widmen und warten, bis alle kommen, falls sie denn kommen. Da war man sich ja nie so sicher. Schließlich gehörte zu jedem Freundeskreis dieser eine Mensch, der Einladungen immer erst am Tag nach der Veranstaltung versteht oder die Person, die beim Vorglühen etwas übertreibt und dann nicht mehr in der Lage ist zu kommen.

Wie es mit Emmy aussah, das wusste ich nicht. Vielleicht hätte ich unseren On-Off-Kontakt diesmal selbst wieder aufnehmen sollen. Aber grundsätzlich war bei Partys auf sie Verlass. Zudem war es mein Geburtstag, der Nationalfeiertag in meinem Privat-Universum, wo sie als Aufenthaltsberechtigte mehr oder weniger zur Anwesenheit verpflichtet war.

Eine halbe Stunde vor Beginn meiner Erlaubnis, dass man an der Tür klingeln durfte, klingelte es an meiner Tür. Heute war nicht gerade der beste Tag für Totstellen, aber zu früh kommende Menschen waren fast noch schlimmer als zu spät kommende Menschen. Theoretisch könnte ich selbst noch gar nicht zu Hause sein oder noch nackt oder mitten in einer OP am offenen Herzen, die ich ohne Lizenz in meinem Wohnzimmer durchführte. Also das stimmte natürlich nicht, aber woher sollte das ein zu früh kommender Mensch denn wissen?

Es war Lea, die mit überbordender Freude um meinen Hals fiel und mir noch einmal persönlich ihre Glückwünsche überbrachte, nachdem sie pünktlich eine Minute nach 0 Uhr schon anrief. Während sie ihre Sachen ablegte, begab ich mich zum Kühlschrank, um ihr ein Getränk zu besorgen. Auf dem Weg dahin vernahm ich Ohs und Ahs, scheinbar erkannte sie die Mühe und den Schweiß, der hoffentlich nicht spürbar in der Sauberkeit der Wohnung lag. Nochmal wischen wollte ich schließlich nicht.

»Mensch, für mich solltest du auch öfter mal so gründlich putzen«, merkte sie an, als sie in der Küche zu mir stieß.

Ich: »Wenn du mir dann jedes Mal Geschenke mitbringst, haben wir einen Deal.«

Lea: »Na soooo schlimm sieht es ja sonst auch wieder nicht aus. Apropos Geschenke, willste jetzt schon auspacken oder später?«

Ich: »Wenn die Publikumsreaktion keine Rolle spielt, dann meinetwegen auch jetzt schon. Wenn du mir Leoparden-Unterwäsche mitgebracht hast, ist das vielleicht auch besser so.«

Sie lachte und murmelte etwas von Tiger-Tangas, als sie in meinem Zimmer verschwand und eine Tüte aus ihrer Tasche zog, ehe sie zu mir zurückkehrte.

Lea: »Also ich hab jetzt nicht alles eingepackt, weil manches ist nur so als Mitbringsel gedacht.«

Als erstes kramte sie eine Packung Strohhalme hervor.

Lea: »Das zuerst, es wird ja nicht jeder Bier trinken wollen. Die haben sogar verschiedene Farben. So, als nächstes ... Moment ... eine Eiswürfelform, die muss ich aber irgendwann wieder mitnehmen, die hab ich aus meiner Wohnung mitgebracht. Dann noch ... 'ne Dose Erdnüsse. Darf ja auch nicht fehlen. Und zu guter Letzt das richtige Geschenk, bitteschöööön!«

Mit diesen Worten überreichte sie mir einen verpackten Karton und ich bedankte mich artig mit mehreren Worten und einem Kuss. Manche zelebrieren das Auspacken von Geschenken förmlich, ich war immer eher der Reißer und verpackte selbst auch reichlich unspektakulär, um den Beschenkten nicht das Gefühl zu geben, dass freudiges Aufreißen aufgrund der schönen Verpackung eine Sünde wäre.

Nachdem das Geschenkpapier fachmännisch heruntergerissen war, konnte ich den Deckel des Kartons abnehmen und mir entwich ein Nasenlachen. Lea kannte mich mittlerweile ganz gut: Im Karton fand ich ein Rezeptbuch für das Kochen mit Bier und eine kleine Dokumentations-Kompilation mit den schönsten dystopischen Szenarien auf DVD.

»Ich hoffe du weißt, dass du gerade ein Monster geschaffen hast«, sagte ich lachend und küsste sie noch einmal in der Hoffnung, dass dies meine Schwierigkeiten beim Zeigen von Freude kaschieren konnte. Dann klingelte es erneut.

XXXI.

Obwohl ich das Wohnzimmer recht schön hergerichtet hatte, hingen die meisten in der Küche ab. Schließlich war dort der Weg zu den Getränken am kürzesten und man durfte rauchen. Hin und wieder verschwanden ein paar aufs Sofa oder aufs Klo und auch ich schwirrte mal hier, mal dort herum. Auf irgendetwas aufzupassen war nicht nötig, da ich grundsätzlich keine Fremden einlud. Aber das tat vermutlich jeder. Zwar gab es auch diesmal wieder die klassische Frage, ob jemand mitgebracht werden darf, doch dieses Mal bestand ich auf einen überschaubaren Kreis und einen gemütlichen Abend. Außerdem war die Wohnung auch nicht die größte.

Absagen aufgrund meiner Eigenarten hagelte es aber keine. Entweder mochten mich meine Freunde wirklich oder die Strahlkraft von kostenlosem Bier war einfach zu hoch. Ich vermutete eine Mischung aus beidem. Egal wo ich mich in der Wohnung bewegte, es war immer jemand da, der mit mir anstoßen wollte. Der Plan dahinter? Mich auf den nötigen Level für lehrreiche Doku-Vorträge hieven. Oder weil ich Geburtstag hatte. Hinterfragen war hier nicht angebracht, lieber den Abend genießen mit Menschen, die als Kosmonauten mein Privat-Universum besuchten und für ein paar Stunden durch die Gravitation meiner Wohnung gefangen waren.

Vielleicht war der Besuch meiner Freunde auch ein passender Anlass, um mein Privat-Universum in Galaxien zu unterteilen. Das öffentliche hatte schließlich auch welche mit ziemlich abgefahrenen Namen. Milchstraße, Andromeda und Centaurus A – geschenkt, das waren klassische bis langweilige Namen. Ich beneidete das öffentliche Universum eher für die Wal-, die Sombrero- oder die Whirlpoolgalaxie. Wenn man sich Darstellungen dieser Galaxien ansah, wurde einem auch klar, warum sie so genannt wurden. Dementsprechend sollten meine Galaxien auch nach ihrer Erscheinung benannt werden.

Die Küche wäre eine gute Bierstraße oder Metaxa A. Im Wohnzimmer gammelte ich gerne oder hörte Schallplatten. Vielleicht Sofagalaxie oder Vinylsche Wolke? Der Flur war schwierig, da stand ja nix. Jackengalaxie war mir zu blöd, als Alternative kam mir noch Bitte-Schuhe-ausziehen-Galaxie in den Sinn. Diese Entscheidung vertagte ich. Mein Schlafzimmer nannte ich ab sofort Bubu-Galaxie und das Bad wurde aufgrund seiner Größe zur Duschbecken-Zwerggalaxie. Zumindest so lange, bis ich mir einen Whirlpool leisten konnte. Zu meinem nächsten Geburtstag könnte ich mir dementsprechend Ortseingangsschilder für die Galaxien wünschen. Oder sind das dann Galaxieneingangsschilder? In einer Wohnung konnte man die ja befestigen, aber wo befestigte das öffentliche Universum seine Galaxieneingangsschilder? Der Punkt ging wohl an mein Universum.

Lea saß in der Küche auf ihrem angestammten Platz und unterhielt sich mit Katharina, die lässig an meiner Arbeitsplatte lehnte und wieder Geschichten aus ihrem Berufsalltag erzählte. Sie arbeitete bei einer Aufsichtsbehörde, die Hygienemängel in Restaurants offenlegte und überprüfte. Ich war froh, dass sie Beruf und Freizeit trennte, sonst hätte sie meine Küche vermutlich schon längst schließen lassen. Zum Beispiel damals, als Dirk noch hier wohnte, bis ich ihn für Lea entsorgte. Es war vermutlich eine gute Entscheidung, Katharina niemals davon zu erzählen.

Geschickt konnte ich mich durch die umherschwirrenden Worte winden und zum Küchenfenster gelangen. Emmy stand dort und nippte an ihrer Flasche, den Blick durch mein Weltraumteleskop gerichtet. Ich gesellte mich zu ihr und wir stießen auf meinen Ehrentag an. Daraufhin boxte sie mir leicht an den Oberschenkel und ich wusste, dass sie nun fragen würde, wie man sich als alter Mann so fühlt. Auf diese Frage antwortete ich eigentlich immer gleich, indem ich darüber sinnierte, wie anders sich das Leben plötzlich anfühlte, seit ich das erste Mal älter aufwachte. So wie damals, als ich volljährig wurde und spürte, wie ich von einer auf die andere Sekunde bereit für Gewalt und Sex in Filmen war. Es kam aus dem Nichts, aber es war schön. Nur, dass man in seinen Zwanzigern kaum noch für irgendetwas bereiter wurde, als noch mit 18. Okay, irgendwann fühlte man sich plötzlich bereit für eine Hochzeit, eigenen Nachwuchs oder Meerrettich. Wobei ich hoffte, dass ich niemals in die Versuchung kommen werde, wieder Meerrettich zu probieren. Oder Muscheln.

Emmy und ich beschlossen die synchrone Vernichtung von Schnaps mit vorheriger Berührung der Gläser und schlängelten in Richtung Kühlschrank, aus dem ich den erstbesten Fusel zauberte und einschenkte. Wir tranken auf mich, auf sie, auf das Leben, die Liebe, auf Area 51, auf die Erfindung des Gasherds und auf die kommende Staffel unserer Lieblingsserie. Zwar äußerten wir das nicht so, doch ich spürte genau, wie all das in unserem Zuprosten gelegen haben muss. Wie es mit Lea lief, wollte sie wissen, als wir die Gläser beiseiteschoben und einen Platz auf der freigewordenen Couch einnahmen.

»Normal«, entgegnete ich in der Annahme, dass man das eben sagt, wenn etwas normal läuft.

Emmy: »Also nicht so prall?«

Ich: »Wieso?«

Emmy: »Naja, wir kennen uns schon ziemlich lange und wenn ich für eins meine Hand ins Feuer legen müsste, dann dafür, dass dir normal doch nie im Leben reicht. Auch wenn du selber ständig betonst, dass du normal bist und dass in deinem Kopf doch alles Sinn macht. Wahrscheinlich bist du aber der seltsamste Typ, den ich kenne. Wir sind beide ziemlich kacke, aber cool kacke und nicht normal kacke.«

Ich: »Deine Wortwahl ist, wie immer, so wundervoll blumig.«

Emmy: »Und du lenkst ab, also hab ich Recht. Ha! Huldige mir!«

Wahrscheinlich schon. Mir entwich ein Nasenlachen und ich antwortete anschließend mit einem tiefen Schluck Bier. Die perfekte Reaktion auf alles und das optimale Signal für einen neuen Absatz im Gespräch. Wir arbeiteten neue Themen ab, berichteten über jüngste Erlebnisse und über die Geschichten, die wir gemeinsam erlebten, die sie an eine andere von früher erinnerte, die ich schon kannte und bei der mir einfiel, dass mir neulich etwas ganz Ähnliches passierte. Eine der Gefahren, wenn ich mit Emmy in ein Gespräch vertieft irgendwo rumsaß, lag im Vergessen der Zeit. Mir fiel wieder die Relativität der Gleichzeitigkeit ein, die ich zwar immer noch nicht verstand, aber die Bezeichnung war cool genug, um irgendwie hochgestochen auszudrücken, wie sich unser Gespräch gerade anfühlte. Die Geburtstagsfeier war also das Ereignis, welches von den Beobachtern nicht universell gleichzeitig erlebt wurde. Während es für die anderen langsam zu spät wurde, konnte es für uns gar nicht zu spät sein. Nicht in unserem Gespräch und unserer Zweisamkeit, die sich auch mit dem langsamen Abflauen der großen Gefühle überaus gut anfühlte.
Immer wieder wurden wir unterbrochen von Verabschiedungen oder der Beschaffung neuer Getränke, trotzdem blieben wir ein kleines Sternensystem inmitten der Vinylschen Wolke, unberührt von den vorbeieilenden Himmelskörpern. Auch

Lea verließ mein Privat-Universum vergleichsweise früh, da sie am nächsten Tag mit ihren Eltern zu einem Familienausflug aufbrach. Ihre Verabschiedung fiel etwas wortkarg und emotionslos aus - verständlich, hatte ich mich doch den ganzen Abend über mit allem beschäftigt – außer mit ihr. Aber an meinem Geburtstag fand ich das in Ordnung, vor allem mit den ganzen Gästen in der Wohnung.

Am Ende blieben nur noch Emmy und ich übrig. Irgendwo in der Stadt öffneten gerade vermutlich die ersten Bäckereien ihre Pforten und Taxifahrer kutschierten Partygänger quer durch die Stadt in der Hoffnung, dass sie zum Ende ihrer Schicht nicht noch Erbrochenes aus dem Fußraum kratzen mussten. Wir versanken immer tiefer im Sofa und fanden immer noch kein Gesprächsende. Mit der Zeit wurde die Überwindung schwerer, aufzustehen und neues Bier zu holen. Doch der Vorrat gab sowieso nicht mehr viel her – noch einmal aufraffen, die letzten zwei Flaschen aus dem Kühlschrank holen und das ins stumpfe abgedriftete Gerede noch etwas weiterführen. Doch auch das half nicht darüber hinweg, dass wir irgendwann müde genug waren, um einfach auf dem Sofa einzuschlafen. Wie ich es in letzter Zeit häufiger tat.

XXXII.

Manchmal musste man sich auch bei totaler Perfektion einen Fehler eingestehen. Nicht, dass ich annähernd perfekt war, aber eigentlich gab es für mich nicht viel Falsches, was der Sache dementsprechend verdammt nah kam. Wobei eigene Fehler meist den anderen zuerst auffielen. Interpretationssache. Wahrscheinlich hatte Emmy auf der Feier auch Recht, dass Normalität nicht immer mein Ding war und vielleicht hatte ich mit der Aussage gelogen, dass es normal liefe. Tatsächlich war es sogar ein wenig langweilig geworden, aber das sagt man ja nicht offen. Aus Schutz vor Witzen, Ratschlägen und blöden Sprüchen. Zudem war es wohl sinnvoller einen eigenen Weg zu finden, als mit Navigationsgerät durch die Gegend zu gurken. Das gilt wiederum nicht für Pizzalieferanten, versucht hatte ich das einmal. Nachdem ich einen Abend lang nur kalte Pizzen ablieferte, weil ich mich dauernd verfuhr, habe ich diesen Beruf wieder aufgegeben. Dabei klang es ja eigentlich traumhaft. Chauffeur für eine der besten Sachen der Welt zu sein.

Ein möglicher Fehler, den ich nach der Feier noch nicht erkannte, war meine Antwort auf Leas Nachfrage, wie es noch so gewesen sei. Für außenstehende reichlich unspektakulär, da ich im Grunde nur mit Emmy auf der Couch saß, wir einschliefen und am nächsten Tag noch zusammen aufräumten. Aber warum sollte Lea glauben, dass wir wirklich nur aus Müdigkeit und Faulheit die Nacht miteinander verbrachten, ich mit dem Mädchen, mit dem ich sowieso ständig rumhing und die in allen meinen Geschichten vor Lea eine Hauptrolle spielte. Lea hatte vielleicht vergessen, dass sie auch mit Emmy befreundet war. Oder es war in dieser Hinsicht egal. Genauso wie es egal war, dass auf ihr mehrfaches Nachfragen immer die gleiche Antwort folgte: Da lief wirklich nix. Und es war auch nicht das erste Mal. Okay, in Anbetracht des drohenden Konflikts hätte ich mir diese Aussage sparen sollen. Aber ich sah ja keinen Fehler darin.

In der Reaktion konnte ich auch Zeichen erkennen. Dieses Verlangen nach Normalität und manchmal Langeweile von Lea, eben nicht mehr auf Partys einschlafen zu können und hoffen, dass man am nächsten Morgen mit dem Pfand weggeräumt wurde.

Das Telefonat mit Lea fiel in die Kategorie hätte-ich-mich-mal-lieber-totgestellt. Selbst dann wäre es aber nur aufgeschoben gewesen. Sie teilte mir mit, dass wir nach ihrer Rückkehr aus dem Kurzurlaub mal reden müssen. Vor diesem Satz wurde ich schon als Kind gewarnt, nun musste ich da also wirklich durch. Mir schwanten ätzende Stunden vor dem Küchenfenster gefüllt mit Vorplanungen eines Gesprächs, das in der Realität definitiv nicht ablaufen wird wie auf meinem Reißbrett. Eine andere Option zum Nachdenken: Emmys Todestheorie. Wenn ich mich totstelle und mir dementsprechend niemand sagt, dass ich bald getrennt sein werde, dann werde ich nicht getrennt sein. Nachteil: Derartige Beziehungen waren vermutlich noch langweiliger als meine jetzige. Auch hier griff wohl wieder die Relativität der Gleichzeitigkeit, wie ich sie verstand. Lea und ich betrachteten beide ein Ereignis, also die Trennung, nur eben nicht universell gleichzeitig. Sie sah sie kommen, hatte sich vermutlich damit abgefunden und ich wartete noch darauf, glaubte vielleicht sogar ein bisschen, dass wir nicht über dieses Thema reden mussten, sondern über die Sicherheitsvorkehrungen bei einem Destruction Derby, für das sie uns angemeldet hatte. Zumindest in meinem Kopf standen die Chancen Fifty-Fifty.

Na gut, vielleicht sollte ich mir auch einfach eingestehen, dass wir uns beide in letzter Zeit etwas vormachten. Sie mochte mich, weil mir vieles so egal war und ich nicht großen Wert darauf legte, ob ich jemandem gefalle. Und ich mochte sie, weil sie versuchte mir zu gefallen. Am Ende schimmerte aber immer wieder durch, dass sie das nicht ewig durchhalten konnte und ich keine bodenständige Herzlichkeit an den Tag legen konnte. Außer wenn es dunkel war. Viele Leute, mit denen ich mich unterhielt, fanden es anfangs gruselig, dass ich bei ernsten Gesprächen das Licht ausmachen wollte. Doch so musste ich niemanden dabei ansehen. Und nun standen wir an diesem Punkt, wo unsere einzige Gemeinsamkeit die Luft in unseren Lungen war. Okay, und die Bahnlinie sowie die Biersorte. Nur musste es mehr geben als das. Phase 1 wird schwer werden, weil man beginnt zu vermissen, was nicht mehr da ist. Zum Glück gibt es aber Weltraumteleskope, mit denen man sich wieder die Größe seiner Probleme vor Augen führen konnte inmitten des unsäglich großen öffentlichen Universums. Manche sagen, man müsse nach vorne schauen. Aber daran scheiterte ich ja bereits nach jedem Abend im Kloster, wenn der Blick mal wieder auf den Platz fiel, um zu prüfen, ob dort noch etwas lag.

Vergessen, was Mist war und nur nach vorne schauen, das ist keine brauchbare Option gewesen. Leute, die sowas machten, waren doch bestimmt auch recht eindimensional. Kein Zurückschauen auf einen Fehler, über den man dann lachte oder weinte und sich schwor, dass es beim nächsten Mal anders wird. Ohne die Reflektion des Vergangenen würde man den gleichen Fehler doch wieder und wieder machen. Quasi ein lebenslanges Autorennen auf der immer selben Strecke. Ob solche Leute auch vergessen, was sie gestern für Klamotten trugen und deswegen nur eine Hose besitzen?

Wie auch immer. Ich war mir im Klaren darüber, wie viele ich besaß und vor allem wie viele davon Jogginghosen waren. Die gehörten zum offiziellen Dresscode meines Privat-Universums. Und Lea würde mir bald ihre Aufenthaltsgenehmigung für dieses Universum zerrissen vor die Füße schmeißen. Aber vielleicht würde sie dabei eine Jogginghose tragen. Das hätte so wenig Stil, dass es schon wieder Stil hätte.

XXXIII.

Am Kiosk ließ ich mir den Rucksack mit Bierflaschen füllen und schlenderte anschließend weiter zum städtischen Museum. Ich dachte mir, in Gammel-Klamotten vor einem klassizistischen Bau sitzen, das ging bestimmt in irgendeiner Form auch als Kunstperformance durch. Außerdem machte bestimmt irgendjemand ein Foto davon. Sitzender Typ unter einem majestätischen Giebel, umringt von vorgeblendeten Säulen, biertrinkend. Wenn ich in Zukunft mal viel Zeit hätte, könnte ich solche Fotos vor verschiedensten Sehenswürdigkeiten auf der ganzen Welt machen lassen und ein Sammelkartenspiel daraus entwickeln. Jede Sehenswürdigkeit würde eine andere Macht verleihen. Natürlich wäre auch die jeweilige Biersorte entscheidend, genauso die Klamotten. Quasi Waffen, Rüstung und Umgebung. Dazu gäbe es noch Bonus-Karten, die Angriff und Verteidigung verstärken. Zum Beispiel den Kronkorkenwerfer oder das Bierbauch-Schild. Aber heute war für die Entwicklung dieses Spiels keine Zeit.

Ich hatte mich mit Lea auf dem Marktplatz verabredet, da sie sich mit mir an einem neutralen Ort treffen wollte. Mir war die Schweiz zu weit entfernt, deswegen schlug ich den Markt vor. Dort konnte man überall gut sitzen und kam schnell hin und weg. Damit ich nicht zu spät kam, fiel mein Blick auf mein Handgelenk. Ich erinnerte mich jedoch schnell daran, dass ich noch nie eine Uhr trug. Verwirrung in Anbetracht des Treffens. Die Uhr auf meinem Handydisplay verriet, dass ich mich nun vom Museum entfernen sollte, um rechtzeitig am Markt zu sein.

Durch die fehlende Flasche im Rucksack klapperten die dort verbliebenen unangenehm aufmerksamkeitserregend. Ich sah das als Bildungsauftrag, um Eltern zu helfen ihre Kinder auf den richtigen Weg zu kriegen.

Mama: »Siehst du, Ellen, wenn du deine Hausaufgaben nicht machst, dann wirst du auch mal so enden!«
Ellen: »Wer sind Sie?«

Falsche Ellen, Moment.

Mama: »Siehst du, Ellen, wenn du deine Hausaufgaben nicht machst, dann wirst du auch mal so enden!«
Richtige Ellen: »Aber das klappert doch so schön - was der liebe Mann da wohl drin hat?«
Mama: »Das sind die Knochen der Kinder, die ihre Hausaufgaben nicht gemacht haben. Er ist sowas wie eine böse Zahnfee. Davon gibt es ganz viele, die laufen alle durch die Stadt und suchen nach unartigen Kindern.«
Ellen: »Was erzählen Sie ihrem Kind denn für Gruselgeschichten? Unmöglich, solche Eltern!«
Richtige Ellen: »Mama, wer ist diese Frau?«

Ach, egal. Ich war gerade nicht in der Lage mir meine Stellung innerhalb der künftigen Elitenbildung auszumalen.

Auf dem Marktplatz war es eigentlich gut gefüllt, aber nicht so voll, dass man als Marktschreier schon aus sich rausgehen würde. Größtenteils Rentner und junge Familien flanierten über das Pflaster und blieben hier und da an einem Stand stehen, um sich beraten zu lassen oder in der Hoffnung auf ein kleines Pröbchen von der leckeren Wurst für die kleine Amelie, die mochte das doch so gerne. Am selben Stand besorgte ich mir ein Schnitzelbrötchen mit Ketchup und klapperte weiter über den Markt. Noch etwa zehn Minuten bis Lea hier aufkreuzen würde.

Ich bereute mein Schnitzel wenige Meter weiter, als mich der Mann von der Gulaschkanone freundlich grüßte. Mit einem Nicken erwiderte ich seine nette Geste und zog schnell weiter, um nicht in die Versuchung zu kommen noch mehr zu essen. Etwas weiter blieb ich am Blumenstand stehen. Vor einigen Jahren, ich lebte noch in einer anderen Stadt, hatte ich einen Floristen direkt um die Ecke. Eigentlich war es ein Umweg, wenn ich daran vorbeilief. Aber das Mädchen hinter der Kasse gefiel mir recht gut. So häufig wie damals habe ich in meinem Leben nie wieder Blumen gekauft.

Eine nette Stimme riss mich aus meiner floralen Erinnerung.

»Du guckst so traurig, nix für dich dabei?«

Ich blickte nach oben, vor mir stand ein ähnlich hübsches Exemplar Blumenverkäuferin wie damals im Laden. Den Körper verhüllt in einen zu großen Kittel, dessen lange Ärmel aufgerollt die tätowierte Haut freigab.

»Ach, bin nicht so der Blumentyp, ich verschenke meistens Bäume.«

»Das hatten wir auch mal im Angebot, war zum Valentinstag immer der Renner schlechthin«, antwortete sie mit einem Kichern.

Ich: »Ernsthaft? Also hätte ich quasi 'nen Mammutbaum verschenken können?«

Sie: »Quatsch, du hättest dann so einen symbolischen Wisch bekommen, dass wir die Kohle für die Aufforstung von irgendeinem Wald gespendet haben. Da konnte man sich aussuchen, wie viele Bäume man spendet.«

Ich: »Hm, okay - dachte da standen dann jährlich Männer mit 'ner Eiche bei ihrer Angebeteten vor der Tür. Hier Schatz, die passt doch perfekt zu unserem Laminatboden. Irgendwie cool.«

Sie: »Ganz so großes Grünzeug verkaufen wir dann doch nicht. Also du willst nix? Dann kümmere ich mich mal um die Kunden, die nicht so groß denken.«

Mit einem Zwinkern drehte sie sich zu dem Mann neben mir und ich fragte mich, ob man als Blumenverkäuferin gleichzeitig auch psychologisch geschult wurde. Bei all den Wiedergutmachungen,

Entschuldigungen, Anträgen und anderen Anlässen, an denen man Blumen kaufte. Für meinen heutigen Anlass waren Blumen so ziemlich die absurdeste Idee, die man haben konnte und somit eigentlich genau mein Ding. Aber man musste es ja nicht übertreiben.

Aus der Ferne sah ich Lea auf den Marktplatz zulaufen. Um lässig zu wirken, suchte ich mir schnell eine freie Bank und setzte mich, kramte zwei Flaschen aus dem Rucksack und platzierte sie neben mir. Als sie näherkam, hatte sie dieses Lächeln auf den Lippen, das gleichzeitig eine gewisse Resignation ausdrückt. Das Lächeln, mit dem man sowas ausdrückt wie: Der wird sich ja doch nicht ändern und das ist vielleicht allgemein gut so, aber nicht für mich.

Es fühlte sich richtig an, für ein Ende den Marktplatz zu wählen. Dort fanden so viele Dinge ihr Ende. Der Traum vom Weltmeisterschaftsfinale. Irgendwelche Jazz-Tage, Stadtfeste und im Mittelalter das Leben unzähliger Hexen. Ohne einen gewissen Drang zur Theatralik wäre das Leben vermutlich deutlich langweiliger. Irgendwann hatte Lea mich mal gefragt, ob ich nicht einfach mal für ein paar Minuten ruhig sein könnte. Damals ging das nicht, weil ich so viel sagen wollte und manchmal war in all den Worten wenig Inhalt zu erblicken, oberflächlich, der lag schließlich in all dem, was ich nicht erwähnte. Heute blieb ich wortlos, sie wollte reden und dabei nicht das sagen, was ich in der Gesprächsvorplanung für sie ausgesucht hatte.

Mehr als ein »Na du« - »Na« wollte im ersten Moment aus uns beiden nicht rauskommen. Zum Glück hatte ich zwei Bier parat gestellt, vielleicht lockerte das ihre Zunge. Wir stießen möglicherweise zum letzten Mal an und guckten auf den Marktplatz, als würde dort ein Teleprompter stehen oder die Regie, die uns Anweisungen gibt. Doch da war nix.

»Weißt du, ich kann das einfach nicht«, sie brach das Schweigen.
»Wir beide nicht«, ergänzte ich.
Sie: »Das ist wohl der Moment, wo man merkt, dass es nicht passt. Es war kurz, intensiv, gut, aber am Ende des Tages sind wir doch zu verschieden.«
Ich: »Ach, am Ende des Tages sind wir doch immer beide müde gewesen.«
Sie: »Genau das meinte ich.«
Ich: »Einen Elfmeter muss man verwandeln. Aber okay, tut mir leid, war unpassend.«
Sie: »Schon gut, so bist du eben. Und das ist ja auch super so, aber für mich nicht mehr. Als normaler Freund, cool, aber als Freund-Freund kriegen wir das beide doch nicht gebacken.«
Ich: »Wir können ja weiterhin zusammen Straßenbahn fahren.«
Sie: »Nimmt dich das eigentlich überhaupt nicht mit? Ich weiß, dass du nur 'nen Stein in der Brust hat, aber ... keine Ahnung, da muss doch irgendwo was sein.«

Natürlich hatte sie Recht, aber auch in dieser Situation war ich einfach nicht in der Lage Gefühle zu zeigen. Wir diskutierten den Sachverhalt noch eine Weile aus, lachten auch hier und da mal über gemeinsame Erlebnisse und kamen irgendwann an den Punkt, an dem man sich voneinander verabschiedet und nicht so genau wusste, wann man sich, wenn überhaupt, wiedersieht. Danach umarmten wir uns wahrscheinlich zum letzten Mal und ich schaute auf die Plätze, auf denen wir gerade saßen. Auch diesmal war dort nichts zu finden.

Für den Rückweg wählte ich die Zu-Fuß-Variante. In der Bahn würde ich eh nur mit dem Kopf an der Scheibe lehnen und mir überlegen, welches Lied nun laufen würde. So konnte ich aber wieder einmal den Heimweg zum Nachdenken nutzen. Und Drachen suchen, irgendwann mussten die ja mal aufkreuzen. Oder mir überlegen, wie es weitergehen sollte. Was auch immer dieses Es sein mochte. Die Straßenlaternen begannen zu leuchten und ich erinnerte mich an einen Nebenjob im Supermarkt, bei dem ich Regale auffüllen musste. Wegen einer Frage ging ich zur Chefin an die Kasse und entschuldigte mich bei der Rentnerin, die gerade zahlen wollte. Sie meinte, es wäre kein Problem, sie hätte schließlich Zeit und müsse erst zu Hause sein, wenn die Laternen angehen. Ob das bei allen Rentnern so war? Das würde erklären, warum keine mehr an den Marktständen waren. Könnte auch daran gelegen haben, dass die Stände während des Gesprächs alle geschlossen wurden. Die Laternenvariante fand ich jedoch interessanter.

Zu Hause sein müssen, dieses Gefühl hatte ich lange nicht mehr. Mir war auch nie ganz klar, was ich als zu Hause sehen sollte. Die Orte, wo ich mit Freunden, mit Emmy, mit meiner Familie zusammenkam? Meine Wohnung, das kleine Universum mit dem Weltraumteleskop? Waschsalons? Die Stehplatztribüne im Stadion? Dieses Straßencafé mit dem kreativen Namen Wohnzimmer, das damit warb, dass man sich dort wie zu Hause fühlte? Keine Ahnung, heute gab es sowieso kein nach Hause kommen, nur einen Weg, wohin auch immer der mich führte.

Im Bett hätte ich eh nur wach gelegen und zu viel nachgedacht, aber nicht das gute Nachdenken, sondern das ätzende. Auf dem Sofa das gleiche. Dann doch lieber Bewegung.

Es kam mir sehr einfach vor, dem öffentlichen Universum zu unterstellen, dass es die ganze Lea-Geschichte nur eingefädelt hatte, um mich zu ärgern. Aber wozu einen Sündenbock, wenn einem in diesem Moment alles egal zu sein schien. Wo ging Lea heute hin? Was machte sie morgen? Und mit wem? All dieses Wissen würde nie wieder mit mir geteilt werden, was sich seltsam anfühlte. Sicher werden wir uns solche Dinge eines Tages wieder erzählen, wenn wir uns verziehen haben. Dazu mussten wir nur herausfinden, was genau wir uns eigentlich verzeihen mussten. Dass wir etwas getan haben, das sich gut anfühlte?

Ich lief immer weiter, stadtauswärts, ohne zu wissen, wie spät es mittlerweile eigentlich war. Irgendwann erreichte ich die Fußgängerbrücke über der

Autobahn. Meinen Rucksack stellte ich vorsichtig auf den Boden und kramte ein Bier hervor, dann setzte ich mich daneben und beobachtete die gelben und roten Lichter, die über den Asphalt huschten. Alles wirkte so schnell, bis auf mich. Aus der Tasche suchte ich meine Kopfhörer, vielleicht war Musik jetzt doch nicht die schlechteste Idee. Irgendwas Langsames mit Gitarren, wozu man eigentlich viel besser Rotwein trinken konnte, aber den mochte ich nicht. Während unten Autos und Laster ihr Lichtspiel vorführten, gingen in umliegenden Häusern Lichter an und aus. Mal Treppenlichter, mal Leuchten in Bädern, Wohnzimmern und Küchen. Ab und zu tauchten Menschen rauchend auf ihrem Balkon auf und starrten so wie ich in das Dunkel der Stadt, durch das unregelmäßige Pulse zuckten.

Aus meiner Jacke kramte ich das Handy hervor und suchte Emmys Nummer heraus. Ich hatte Lust sie anzuschweigen, dabei viel zu viel zu trinken und die Nacht unendlich lang wirken zu lassen. Mit dem einzigen Menschen, der Sinn in meinem Unsinn sah.

XXXIV.

Sie schlug vor, dass wir uns im Kloster treffen sollten. Dort konnte man sich aber nicht so gut anschweigen. Es ging, aber es wirkte sicher komisch – warum gingen zwei Menschen zusammen in eine Kneipe und starrten nur blöd in der Gegend rum? Stattdessen lud ich sie zu mir ein, auf dem Boden sitzen, an die Heizung anlehnen, Bier trinken und Musik hören. Das war der Plan. Für mich sollte einfach nur jemand da sein, neben mir, Geborgenheitsbedarf, wenig Lust auf einsame Stille.

Auf dem Weg von der Fußgängerbrücke bis zu mir schaute ich nach einem passenden Kiosk. Mein Stammladen mit Rico lag von hier aus nicht auf dem Weg, würde aber zur Not auch passen. In vielen Schaufenstern brannte noch Licht, obwohl die Geschäfte schon seit Stunden geschlossen waren. Klar, Werbung war nötig, aber gingen die Inhaber wirklich davon aus, dass sich jemand mitten in der Nacht zu einer Hausratsversicherung entschließt? Wobei gerade nachts nach Partys die blödesten Ideen entstanden. Aber der Kater am nächsten Morgen machte sich meistens so breit, dass die Versicherung komplett vergessen schien. Am schlimmsten waren Geschäfte mit Neonröhren. Dieses Licht offenbarte schließlich alles und damit meist zu viel.

An einer Ecke mit Matratzengeschäft schien immer noch Weihnachtszeit zu sein, zumindest wenn man der übertriebenen Beleuchtung des Kiosks glaubte. Blau, Rot, Gelb im Wechsel, mal gleichzeitig, mal drehend, mal blinkend, Wörter formend. Und am Ende fand ich unter diesem abgefahrenen Grund für nächtliche Epilepsien einen gelangweilten alten Mann sitzend, der gerade gemütlich eine Zigarette hinter seiner Scheibe rauchte. Er starrte auf einen dieser Mini-Fernseher, die Fernfahrer früher nutzten, um auf den Rastplätzen das Topspiel der Liga zu gucken. Bei ihm lief irgendeine Talkshow, die ich nicht kannte. Nach meinem Klingeln schreckte er auf und schob das Fenster leicht beiseite. Ich ließ meinen Rucksack erneut auffüllen, bezahlte den Partylöwen und zog weiter. Wie sich solche Läden wohl hielten? Hier in der Nähe war weit und breit kein Grund zu finden, um nachts lange aufzubleiben.

Auch wenn die Hauptstraßen ziemlich gut beleuchtet waren, so bevorzugte ich die Neben- und Querstraßen, um zumindest ein bisschen den Weg zu meiner Wohnung abzukürzen. Es lag eine angenehme Ruhe über der Stadt, mal gestört von kreischenden Katzen, singenden Studenten auf dem Heimweg von irgendeiner Party oder Pärchen, die vor dem Schäferstündchen vergessen hatten ihr Fenster zu schließen. Darunter blieb ich manchmal stehen und versuchte aus den Geräuschen Informationen über Alter, Größe, Gewicht und Stellung zu gewinnen. Damit ich nicht auffiel, drehte ich dabei Zigaretten, band meine Schuhe auf und zu oder tippte wahllos auf meinem Handy herum.

Nach einigen weiteren Beobachtungen bog ich in meine Straße ein, Emmy saß bereits vor der Haustür. Um die Begrüßung zu erleichtern, machten wir uns vorher aus, dass wir direkt von Beginn an nicht miteinander reden und das den Abend über durchziehen - es sei denn, es war wichtig.

Ich ließ sie die Treppe vor mir hochsteigen. Wenn ich mich schon komisch fühlte, dann konnte ich mir wenigstens einen schönen Menschen angucken. Wobei mir auffiel, dass ich sie noch nie so angeguckt hatte. Mir war immer egal, wie sie unter ihren Klamotten im Detail ausgesehen haben könnte, weil alles andere schon schön genug war, um gerne in ihrer Nähe zu sein. Nichtsdestotrotz lohnte es sich natürlich und ich lachte in mich hinein. Auch wenn wir uns sonst nahezu jeden Mist erzählen, diesen Mist würde ich ihr wohl ersparen. Komplimente von mir nahm sie sowieso nie ernst, dafür waren sie zu selten oder zu gezwungen. In vielen Fällen formulierte ich sie aber einfach nur so wirr, dass es nie bei ihr ankam.

Oben angekommen verfrachtete sie den Inhalt meines Rucksacks in den Kühlschrank und ich holte eine Decke aus meinem Zimmer, um sie vor die Heizung zu legen. Die ganze Zeit auf Laminat sitzen würde sonst ziemlich ungemütlich werden. Fehlte nur noch die passende Musik. Da ich nicht permanent aufstehen wollte, stöpselte ich meinen Laptop an die Anlage, schmiss ein paar passende Alben in eine Playlist und ließ sie durchlaufen.

Wie lange wir dort saßen? Das wusste ich nicht, der Kühlschrank wurde leerer und die Musik nahm kein Ende. Wir beide schlossen immer wieder die Augen, wenn eine Stelle lief, die Gänsehaut garantierte. Manchmal rutschte uns doch ein Wort raus, wonach wir beide lachten und fortfuhren mit dem Anschweigen. In diesem Moment hätte ich gerne ihre Gedanken gelesen. Ob es sich für sie auch so anfühlt oder war es mehr das Erfüllen einer freundschaftlichen Pflicht?

Nach einem dieser Ach-alles-Mist-Seufzer lehnte ich mich mit meinem Kopf an ihre Schulter. Es war ja eh alles egal. Sie ließ ihre Hand auf meiner Wange ruhen und ich spürte förmlich, wie sie damit rang, mir nicht zu sagen, dass ich mich mal wieder rasieren konnte. Diese kleinen Berührungen waren die Umarmung, die ich gerade brauchte.

Je später es wurde, umso mehr wurde unser Sitzen zu einem Liegen. Nachschub holen wollte keiner mehr von uns. Das hätte Bewegung bedeutet. Und Durchbrechen des Augenblicks. Als uns diese Halb-halb-Position zu anstrengend wurde, legten wir uns schließlich ganz auf die Decke. Ich auf dem Rücken und sie daneben, mit der bestmöglichen Medizin: Sie legte ihren Arm um mich und wäre es nicht zu dunkel dafür gewesen, hätte ich ihr mit meinen Augenbrauen Danke gesagt und dass wir jetzt einfach einschlafen könnten. Doch das schien sie auch so verstanden zu haben.

XXXV.

In die Scheiße reiten. Woher kam dieser Spruch eigentlich? Bei vielen Sprichwörtern oder alltäglichen Floskeln wusste man, wo sie herkamen. Aber in diesem Fall? Da ist bestimmt irgendwann mal etwas vorgefallen. Mir schwebten zwei Szenarien vor.

Szenario 1, Mittelalter.
Anführer der Ritter: »Männer, noch heute werden wir aufbrechen und die Schelme in der edlen Schenke namens die Scheiße in die Flucht schlagen, um den Bürgern dieser Siedlung wieder geruhsame Nächte zu ermöglichen.«
Normaler Ritter: »Aber Herr, wenn wir in die Scheiße reiten, dann könnte dies zu unserem Untergang führen. Die dortigen Räuber sind uns zahlenmäßig weit überlegen.«
Anführer der Ritter: »Dann zeiget, dass einer unserer Mannen so stark ist wie zwei dieser Räuber. Auf dass noch in Jahrhunderten berichtet werde, wie einst die Ritter in die Scheiße ritten!«

Szenario 2 legte ich wieder ad acta. Ich wollte Sex und Fäkalien nicht in der gleichen Gedankenblase unterbringen.

Eigentlich wollte ich mich auch nur davon ablenken, dass ich wohl gerade dabei war, mich wieder in besagte Scheiße zu reiten. Nachdem ich Emmy eigentlich aus der verbotenen Kammer meines

Herzens verdrängt hatte und eine schöne Zeit mit Lea verbrachte, trieb ich sie nun mit Fackel und Heugabel wieder in die Kammer hinein. Oder es hat einfach nie wirklich geklappt mit der Vertreibung und ich war nur etwas geblendet von den leuchtenden Augen aus der Straßenbahn. Wie auch immer, ich ritt mich in die Scheiße. Dabei hatte ich nicht einmal einen Ponyschein. Also einen Pferdeführerschein. Brauchte man sowas für ein Pferd überhaupt? Oder durfte man sich einfach ein Pferd kaufen und damit zum Supermarkt reiten? In meinem Privat-Universum sollte ich das eventuell erlauben, andererseits hatte meine Wohnung erstaunlich wenig Stellplätze für Unpaarhufer.

Egal. Diesmal wollte ich nicht wieder blöde Tipps aus dem Internet befolgen - also weder ignorieren, noch Eifersucht beschwören. Einfach der seltsame Wicht wie immer sein. Was natürlich nicht hieß, dass ich keine anderen Menschen treffen durfte. Ohne Lea konnte ich mich mal wieder im Stadion blicken lassen, sie bevorzugte zu den Anstoßzeiten andere Tätigkeiten. Oder an den See fahren und schauen, ob diese Johanna vom Tretbootverleih jetzt mit mir befreundet sein wollte. Besseres hatte ich eh nicht zu tun.

Da ich keinen Ponyschein und zudem kein Pferd besaß, bestieg ich wieder die Straßenbahn. Auch heute war vom General nichts zu sehen. Generell hatte sich unsere Gruppe stark gewandelt. Ich selbst war ja auch nur noch ab und zu mal Ehrengast und seit der General keine neuen Mitglieder mehr akquirierte, dümpelte die ganze Gruppe nur noch so vor sich hin. Und um seine Aufgabe zu übernehmen, dafür fühlte ich mich noch zu jung. Außerdem waren genug Sitzplätze frei, so dass ich in der Kurve des Todes gar nicht stehen musste.

Als Lea und ich noch ein Paar waren, fand ich es überaus cool, dass der Ort unseres ersten Treffens so omnipräsent und mobil war. Mittlerweile war es eher ein Störfaktor und ich würde mir wohl bald die Busfahrzeiten einprägen müssen oder die schönsten Straßenbahnstrecken Deutschlands auf DVD kaufen für private Therapiesitzungen.

In der Kurve flogen mal wieder Körper durch die Bahn. Scheinbar war freihändig in der Bahn stehen, während sie hier lang fuhr, mittlerweile ein beliebtes Spiel bei Jugendlichen, die sich gegenseitig beim Umfallen filmten, lachten und dann wieder cool auf ihren Vierern Platz nahmen. Mir wurde klar, dass Bus fahren vielleicht doch nicht so eine gute Alternative war. Dort saßen die schließlich auch. Zwar ganz hinten, aber sie waren auch da. Wie auf Klassenfahrten, als die coolen immer ganz hinten saßen und Fußballschals in die Rückscheibe klebten oder Zettel mit Hilferufen als Zeichen für einen seltsamen Humor. Ich hingegen saß immer mittig, nahe an der Bustoilette, da ich ständig pissen musste. Da war Effizienz statt Coolness gefragt.

Nach einer Weile erreichte ich die Haltestelle am See und begab mich wieder auf den Kiesweg. Eigentlich völlig absurd, dass ich eine der Aktivitäten, die ich gemeinsam mit Lea genoss, jetzt noch einmal alleine durchleben wollte. Aber manchmal dachte ich nur zur Hälfte nach, weil sich die restliche Hirnkapazität mit Ponyscheinen und coolen Jugendlichen in Bussen befassen musste. Quasi das Multitasking von uns Idioten.

Es war recht windig draußen und dementsprechend wenig los am See. Ein paar Leute auf Inline-Skates kurvten auf den asphaltierten Wegen um den See. Über den Kies bretterten ab und an Fahrradfahrer und ein paar Jungs bolzten auf einem großen Stück Wiese, wobei ihre Rucksäcke jeweils die Tore markierten. Der Eismann saß gelangweilt in seinem Wagen.
Ich atmete tief durch und stellte fest, dass die Stadt am See immer noch ganz anders roch als im Zentrum. Nicht ganz so hektisch und verzweifelt. Vor mir stand das Gebäude vom Tretbootverleih und ich musste mir überlegen, was ich sagen würde, falls Johanna heute nicht Kaugummi kauend hinter der Scheibe saß. Auf ein Eis hatte ich keine Lust und für ein Fußballmagazin bin ich nicht an den See gefahren. Meine Universalantwort namens Bier war natürlich immer eine Alternative, aber vielleicht verkauften sie dort auch Wundertüten oder Frisbees.

All die Gedankenspiele erwiesen sich jedoch als überflüssig, als ich ihr ans Handydisplay getackertes Gesicht durch die Scheibe erkannte. Sie blickte auf und öffnete das Portal zu ihrer bunten und etwas muffigen Verkaufswelt.

»Guten Tag, was kann ich für Sie tun?«

Ich: »Hallo, darf ich fragen, ob Sie das Sie, als Sie mich gesiezt haben, groß oder klein geschrieben ausgesprochen haben? Das hört man ja nicht raus.«

Sie: »Bitte was?«

Ich: »Nicht so wichtig. Vielleicht erinnern Sie sich an mich, ich war vor einiger Zeit mal hier und wollte mich mit Ihnen anfreunden, weil Sie in einem Tretbootverleih arbeiten, unter der Bedingung, dass wir uns in dieser Freundschaft weiterhin siezen. Ich habe das Sie und das Ihnen übrigens großgeschrieben ausgesprochen. Das hört man ja nicht raus.«

Sie: »Ah, doch, der verrückte Typ mit seiner Freundin. Klaro.«

Ich: »Ex-Freundin. Aber egal. Sie wollte das ja eh nicht. Ich schon, deswegen habe ich vorhin beschlossen hierher zu kommen und sie nochmal zu fragen, ob wir Freunde sein wollen. Jetzt habe ich das Sie klein ausgesprochen. Das hört man ja nicht raus.«

Johanna blickte wieder auf ihr Handy und begann zu tippen. War das ein Nein? Ich blickte ein wenig enttäuscht durch die Scheibe. Mein Traum von einer Tretbootverleihmitarbeiterinnenfreundschaft schien geplatzt. Doch bevor ich traurig von dannen wandeln konnte, schaute sie mich wieder an:

»Dann hau mal raus. Äh Sie, dann hauen Sie mal raus.«

Ich: »Woraus denn?«

Sie: »Ihre Handynummer.«

»Ach so, klar«, ich diktierte ihr meine Nummer und sie versicherte, dass sie sich die Tage bei mir melden würde, man könne ja mal was trinken gehen oder so. Das akzeptierte ich, ehe ich mich verabschiedete und wieder in Richtung Haltestelle aufbrach. Der leergewordene Freundschaftsplatz von Lea war nun erfolgreich wieder aufgefüllt. Es sei denn, Johanna fühlte sich von mir verarscht. Aber das würde ich demnächst genauer erfahren, wenn sie sich denn meldet. Was aber auch unwichtig war, mein letzter Besuch hier fühlte sich durch das Drängen Leas so unvollständig an, jetzt aber nicht mehr. Außerdem würde ich dann erfahren, ob Johanna das Wort goldig benutzt, ich kannte nämlich niemanden, der das tat. Und Menschen, die das Wort goldig benutzten, waren irgendwie goldig.

Nun war aber noch ein großer Rest des Tages übrig, der irgendwie totgeschlagen werden musste. Sobald ich zu Hause war, wollte ich mein Telefonbuch im Handy durchforsten und nach möglichen Mittätern für den nächsten Schabernack suchen. Zuvor stand aber eine weitere Fahrt mit der Straßenbahn an.

XXXVI.

Man musste offen für Veränderungen sein, dachte ich mir, als ich zum ersten Mal meinen Schreibtischstuhl in die Küche schob. Während ich die passende Person für gemeinsame Tätigkeiten am Abend fände, wollte ich gemütlich sitzen. Am Küchenfenster stehen war ja mehr was fürs Nachdenken. Ich öffnete das Fenster und positionierte den Stuhl so, dass ich meine Füße auf einem der Küchenstühle ablegen konnte. Aus dem Kühlschrank besorgte ich mir ein Getränk und ließ mich anschließend in meinen Schreibtischstuhl fallen. Die Umnutzung des Stuhles würde vielleicht auch dazu führen, dass er ein positiveres Sitzgefühl während der Arbeit bot.

Mein Finger glitt über das Display und im Kopf versuchte ich die letzte gemeinsame Erinnerung mit jeder infrage kommenden Person zu finden. Da war zum Beispiel Franziska. Beim letzten Treffen grillten wir mit Freunden im Park und sie begleitete die Lieblingslieder der Anwesenden mit ihrer Gitarre. Das dürfte auch das letzte Aufeinandertreffen mit Nicole gewesen sein. Jan hingegen, das dürfte auf irgendeiner Ausstellung letzten Monat gewesen sein. Dort hatte er bei der Hängung geholfen und durfte sogar einen kleinen Text für den Katalog schreiben. Peter habe ich zuletzt auf der Straße gesehen, gar nicht so lang her. Was er eigentlich sonst machte, das wusste ich gar nicht so genau. Bestimmt was mit Mode oder Zauberei, aber wir redeten eigentlich nie über so notwendige Zeitverschwendungen wie Arbeit. Vielleicht wusste Jan das, die beiden haben schließlich vor ein paar Jahren noch zusammengewohnt.

Bei einer bestimmten Nummer hielt ich kurz inne. Der Abschleppdienst. Den hatte ich noch nie angerufen, aber ich glaubte nicht, dass dieser heute Lust hatte, sich mit mir im Kino oder in einer Kneipe zu treffen. Und wo kam diese Nummer eigentlich her? Selbst eingespeichert hatte ich sie dort auf keinen Fall. Möglicherweise noch ein Relikt aus der Zeit, als mein Handy gerade neu war und so unnötige Kontakte wie Floristen, Abschleppdienste und die Auskunft im Telefonbuch eingespeichert waren, aber nicht mal ein einziger Pizzaservice.

Ich legte das Handy beiseite. Meldete ich mich jetzt bei jemanden, nachdem ich während der Lea-Zeit kaum Zusagen für gemeinsame Unternehmungen mit anderen verteilte, würde dann überhaupt jemand mit mir etwas unternehmen wollen? Und wenn ja, wer und vor allem was überhaupt? Tretbootfahren ging nicht, da war ich gerade erst und wenn ich schon wieder dort auftauche, dann wäre meine eventuelle Freundschaft mit dem Tretbootmädchen vermutlich direkt wieder vorbei.

Handys mit integrierten Telefonbüchern, eine tolle Erfindung eigentlich. Zumindest kamen die erst in Mode, als ich raus war aus dem Alter, in dem man nach der Schule spontan bei Freunden klingelte, um dann Fahrrad zu fahren oder Ball zu spielen. Wahrscheinlich war ich der perfekte Jahrgang, so Wein-mäßig. Als ich aus der Klingel-Spontaneität rausgewachsen bin, nutzte ich häufig das Festnetztelefon. Nicht alle Freunde hatten einen eigenen Anschluss im Zimmer und gerade die männlichen Freunde klangen über den Hörer immer wie ihre Väter. So manche Verwechslung ist mir im Nachhinein immer noch peinlich. Erst als die ersten Freundinnen und Beziehungskrisen kamen, wurde ich Handynutzer. Was vermutlich auch besser so war.

Ob im Mittelalter dafür Boten genutzt wurden? Wenn der verliebte Prinz vor dem Schlafen seiner Angebeteten noch einen dicken Schmatzer auf die Wange geben wollte, sie aber viel zu weit weg war – wurde dann der nächstbeste Kammerdiener, der einen Ponyschein hatte, aufs Pferd gesetzt und zu ihr geschickt, damit sie seinen Gute-Nacht-Kuss am nächsten Morgen erhielt? Die Relativität der Gleichzeitigkeit.

Im Mittelalter hatten sie ja auch Drachen, die besiegt werden mussten, um das Burgfräulein zu ehelichen. Vielleicht waren die guten Ninjas, die in der Stadt gegen die Drachen kämpften, einfach alle verliebt? Aber wer waren dann die Burgfräuleins? Und würden sich mir die Drachen erst offenbaren, wenn ich das richtige Burgfräulein für mich gefunden habe? Muss man für einen solchen Kampf ein Pferd und einen Ponyschein besitzen? Vielleicht bin ich mein ganzes Liebesleben falsch angegangen. Endlich wieder guter Stoff fürs Küchenfenster oder einen Heimweg.

Zufrieden schloss ich kurz die Augen und versank etwas weiter in meinem Schreibtischstuhl, als mein Handy vibrierte. Einmal. Es war Kim, die wissen wollte, wie es mir ging und was ich so mache. Das Problem schien sich von selbst erledigt zu haben und die Sache mit Lea lief wohl schon in den Nachrichten. Ich zumindest hatte niemandem davon erzählt. Aber heutzutage wird man ja überall abgehört und gefilmt.

In meiner Antwort schrieb ich, es ginge mir den Umständen entsprechend – falls sie doch nix von der Trennung wusste, dann dachte sie vielleicht, dass die Umstände gut waren. Was ich so machte? Eigentlich saß ich nur auf meinem Schreibtischstuhl in der Küche, das wirkte aber zu unspektakulär. Deswegen schrieb ich, dass ich gerade noch Kleidung per Kartoffeldruck verschönerte. Zugegeben, das war nicht unbedingt cooler. Aber vielleicht waren die Motive hochwertig. Ich legte das Handy beiseite und drehte mich ein paar Mal im Stuhl, beschloss dann aber duschen zu gehen.

Wieder versuchte ich klaren Kopf zu behalten, um diesmal herauszufinden, worüber ich beim Duschen so nachdachte. Das Radio würde also diesmal aus bleiben, damit ich nicht wieder permanent die Charts verfluchte. Meine Klamotten schmiss ich wie immer in die Ecke, bevor ich die Duschkabine leicht öffnete. Die ersten Wasserstrahlen waren entweder zu heiß oder zu kalt für den Erstkontakt und meistens dauerte das Mischen der richtigen Temperatur länger als das Duschen selbst. Als es irgendwann angenehm genug wirkte, zwängte ich mich durch einen kleinen Spalt, um nicht das halbe Bad unter Wasser zu setzen. Unter meiner warmen

Regensimulation wollte ich vor dem Nachdenken erst einmal ausprobieren, ob ich unter den Wasserstrahlen die Augen auflassen konnte. Konnte ich. Anschließend musste ich mich konzentrieren, damit mein 2-in-1-Duschgel auch überall gleichmäßig verteilt und ebenso fachgerecht weggespült wurde. Nach dem Spülen stellte ich meine Ferse auf den Abfluss und schaute, ob ich für eine Karriere als Stöpsel in Frage käme. Wie viel Wasser passte eigentlich in meine Hände, wenn ich sie ineinanderlege? Und konnte man mit Duschgel Seifenblasen machen? Danach war ich auch schon fertig. Schon wieder nicht sinnvoll nachgedacht. Vielleicht an einem anderen Tag. Unter der Dusche nachdenken war wohl vergleichbar mit dem Musikunterricht in der Schule, wenn der Lehrer Klanghölzer und Co auspackte. Eigentlich sollten die Schüler Rhythmik lernen und zusammenspielen, aber tatsächlich wurde nur Quatsch damit angestellt. Coole Lehrer einigten sich mit den Spielkindern schließlich auf Free Jazz und jeder kriegte eine Top-Note.

Mit einem Handtuch um die Hüfte gewickelt ging ich in mein Zimmer und durchforstete die Kommode nach den Klamotten, die nicht ganz so alt waren. Ab und an mal so zu tun, als würde man ein bisschen gut aussehen, das dürfte nicht schaden, dachte ich mir, als ich einzelne Stücke aus den Schubladen holte. Meistens wusste ich schon beim ersten Blick, was meine guten Klamotten sind, außer bei den Socken. Selbst neue hatten nach kurzer Zeit schon Löcher. Was daran lag, dass ich locker sitzende Socken hasste und sie immer wieder nachzog. So entstand große Spannung, dazu ein schlürfender Gang durch die Wohnung – schon waren die im Eimer.

Frisch eingekleidet konnte ich mich wieder dem Handy widmen. Kim hatte mittlerweile geantwortet und erwartungsgemäß meine Aussage zum Kartoffeldruck ignoriert. Stattdessen fragte sie nach einer geselligen Runde im Kloster, es kämen auch einige andere heute vorbei, die meisten wären aber schon da. Das Schlimme an Freunden war, sie wussten, wie man einen aus seinem Schneckenhäuschen holt. Mir blieb also gar nichts anderes übrig als eine Zusage zurückzuschicken und meine Jacke überzuwerfen.

Hinweg Straßenbahn, Rückweg zu Fuß. Das war der Plan, schließlich konnte man auf Heimwegen besser über seltsame Dinge sinnieren als auf Hinwegen. Ich stand an der Ampel vor der Haltestelle und konnte kaum glauben, welches Bild sich vor mir auftat. War dort wirklich der General? Abends an der Haltestelle? Es wurde grün und ich näherte mich dem Wartehäuschen, mit dem Rücken zu mir starrte der vermeintliche General die Straße entlang. Vermutlich in Erwartung einer Verspätung. Für Generäle zählte bestimmt schon alles ab zehn Sekunden über der Zeit als zu spät. Als die Bahn um die Kurve fuhr, drehte er sich um, er war es wirklich, der leibhaftige General. Zum ersten Mal lächelte er freundlich und nickte in meine Richtung. Trotz der Überraschung konnte ich adäquat erwidern, mein Lächeln brannte sich ins Gesicht ein, ich konnte einfach nicht mehr aufhören. Die Welt schien wieder in Ordnung, heute konnte alles passieren, es würde mich nicht aus der Bahn hauen. Also aus der Lebensbahn, nicht aus der Straßenbahn. Wobei, da raus natürlich auch nicht.

Ich ließ mich auf einen dieser Einzelplätze fallen, die man eigentlich für Generäle, Rentner, Schwangere und kranke Menschen freihalten sollte. Doch davon war weit und breit keiner zu sehen und der General stand sowieso immer, um gleich in der Kurve wieder sein großes Ritual durchzuführen.

Nachdem sein großer Satz gefallen war, verbreiterte sich mein Grinsen und ich begann durch die Scheibe zu beobachten, wie die Lichter und Gesichter vorbeizogen. Ich sah Geschäfte vor mir, die seit 1984 auf ihre Renovierung warteten, ich sah Rico im Gespräch mit einem anderen Kunden, Menschen in Autos, die auf dem Schaltknüppel Händchen hielten, hässliche Neubauten gequetscht zwischen Gründerzeithäusern, flanierende Gruppen männlicher Jugendlicher gefolgt von kichernden Mädchen, Fußballfans mit Dosenbier, Streit, Küsse, Waschsalons und Matratzengeschäfte. Irgendwie liebte ich diese Stadt.

XXXVII.

Ich hasste es, wenn man zu einer Gruppe hinzustößt, zur Begrüßung auf den Tisch klopft und einer trotzdem darauf bestand, dass seine Hand geschüttelt wird. Dann war der nächste beleidigt und man musste schließlich doch jedem persönlich einen Handschlag oder eine Umarmung schenken. Aber heute war es nicht ganz so schlimm. Den Umständen entsprechend.

Madelaine schien gesehen zu haben, dass ich vor wenigen Augenblicken das Kloster betrat, denn kurz nach der Begrüßungsrunde brachte sie mir eine kleine Flasche meiner Lieblingsbiersorte. Die Gespräche liefen so ab, wie sie in großen Gruppen nun einmal ablaufen mussten: Einer begann etwas zu erzählen oder eröffnete eine Diskussion zu einem Thema, das nicht alle interessierte. Die desinteressierte Gruppe widmete sich derweil einem für sie relevanten Thema. Und beide Themen interessierten mich wiederum nicht. Dazu brauchte es noch ein paar mehr edle Tropfen. Und dann würde ich ein Gespräch beginnen, an dem alle teilhaben. Nicht, weil es so wichtig war, sondern weil ich unbedingt allen mitteilen wollte, was mir die nächtlichen Dokus so vermittelten.

Wahrscheinlich wurde man so für andere zum Misanthropen. Keine Gefühle zeigen, nicht viel reden und plötzlich explodieren und der coolste Typ der Welt sein, nur um am nächsten Tag wieder zurückgezogen und schweigsam daherzukommen. Hatte man aber einmal allen erklärt, dass man auch ohne mitzureden ganz gerne Menschen um sich hat und der reservierte Blick eben immer da ist, dann wurde man als tickende Zeitbombe akzeptiert.

Nach und nach trafen mehr Leute im Kloster ein und es erreichte wieder seine angenehme Fülle. Kim und ich scheiterten grandios am Kickertisch, da wieder mal zwei Typen im ersten Spiel so taten, als wären sie laienhafte Amateure, nur um dann im zweiten so richtig aufzudrehen. Jeder schmiss mal eine Runde Schnaps für unseren Tisch, die ersten verabschiedeten sich und die nächsten stießen zu uns.

Wo kamen Kneipen eigentlich her? Da muss ja irgendwann mal jemand mit angefangen haben. Einen Laden aufmachen, wo man hingeht und Dinge tut, die man zu Hause auch machen kann, nur eben teurer und mit vielen Fremden um sich. Ich fand sowas ja gut, aber das Marketing damals, als die Kneipe erfunden wurde, muss echt überragend gewesen sein. Damals konnte sich das schließlich kaum einer leisten – andererseits können Studierende das heute auch nicht und die sitzen trotzdem permanent in einer Kneipe. Vielleicht war es die Entbindung von der Pflicht hinterher aufräumen zu müssen? Auf dem Heimweg konnte ich darüber nachdenken und im Internet die Mediatheken durchstöbern, ob es dazu nicht sogar eine passende Doku gab. Heute war ein guter Tag, da würde ich mit Sicherheit eine finden.

Kim und ich unterhielten uns gerade über japanische Allegorien im Kontext des Zweiten Weltkriegs, während der Rest des Tisches Fotos mit

Brille schoss. Alle lachten, außer dem Besitzer der Brille - er sah schließlich nichts. Das konnte in so mancher Kneipe ein enormer Vorteil sein, da mit Fortschreiten der Uhr auch das Elend immer weiter zunahm. Einer aus der Gruppe glaubte am Kickertisch zu flirten, vier andere saßen mittlerweile draußen. Sie wollten eigentlich nur eine rauchen, aber mitten im Gespräch vergaß einer das Anzünden, der nächste sah darin also noch Gelegenheit für eine zweite und so wuchs die Raucherpause aus zu einer Unendlichkeit.

Wie immer warf ich Schnipsel meines Flaschenetiketts in die Kerze, da ich den Boden nicht verunreinigen wollte. Kim war kurz auf Toilette und danach in Richtung Tresen verschwunden, um uns beiden noch einen Schnaps zu organisieren. Einen Blick auf die Uhr wollte ich nicht wagen, ich würde mich nur ärgern. Dann betrat Emmy die Szenerie. Sie lief geradewegs auf mich zu und setzte sich nach einer Umarmung neben mich.

Emmy: »Schon so verzweifelt, dass du alleine hier abhängst?«

Ich: »Legion ist mein Name, denn wir sind viele.«

Emmy: »Doku?«

Ich: »Bibel. Aber nein, mir wurde vermutlich aus tiefstem Respekt Platz gemacht. Möglicherweise sind auch nur alle rauchen, kickern, pissen oder was am Tresen holen.«

Emmy: »Dachte schon der Herr Kaiser ist ohne Hofstaat in seine Residenz eingekehrt.«

Ich: »Du machst dir keine Vorstellungen, es gab einen roten Teppich, Fanfaren, Gaukler und ein Ritterturnier. Aber für die Ankunft der Hofdame wollten wir Bescheidenheit walten lassen, sie überstrahlt mit ihrer Schönheit doch eh alles. Blöd nur, dass du statt ihr gekommen bist.«

Emmy: »Alter, ich dachte kurz, du hast wieder einen dieser seltenen Anfälle von Komplimenten.«

Ich: »Das war ein Beispiel für die Kunst der Balance. Kompliment und Beleidigung so ausgleichen, dass du dich auf ewig fragst, was ich von beiden eigentlich ernst meinte.«

Emmy: »Um ehrlich zu sein: Bei dir stelle ich mir überhaupt keine Fragen mehr. Das verwirrt mich nur.«

Ich: »Ich hab dich auch lieb.«

Die anderen kehrten nach und nach zum Tisch zurück. Allen inne wohnte dieses Die-Nacht-gehört-uns-Gefühl, mit dem sich immer so großartig Scheiße bauen ließ. Für einige sollte der Abend jetzt erst so richtig losgehen, weswegen sie einen Umzug in einen der Clubs der Stadt vorschlugen. Ich war erstaunt, dass die Idee so viele Anhänger fand, bevorzugte aber doch einen weiteren Verbleib im Kloster. So auch Emmy, mit der Begründung, sie wäre ja gerade erst angekommen.

Zu viert blieben wir zurück und begannen endlich eine meiner heißgeliebten Diskussionen über den Inhalt irgendeiner Dokumentation. Heute war die Prä-Astronautik dran. Das Problem war nur, dass ich zu diesem Thema länger nichts mehr geguckt hatte. Dennoch war ich mittlerweile voll genug, um mein Halbwissen höchst professionell verkaufen zu können. Außerdem bot mein Hinterkopf ein ausreichendes Arsenal an anderen Vermutungen, Fakten und Theorien aus Dokumentationen, die ich geschickt in das heutige Thema einweben konnte – auch wenn sie da gar nicht reingehörten.

Mein Lieblingsbeispiel aus der Präastronautik waren die Glühbirnen von Dendera. Irgendwelche künstlerisch begabten Ägypter dachten sich einige Jahrzehnte vor Beginn unserer Zeitrechnung, dass sie ihrer Muttergottheit Hathor einen Tempel in Dendera errichten könnten und dort lustige Reliefs an die Wand klatschen sollten. Die Planung muss echt super gewesen sein:

Ägypter 1: »Du, wegen des Tempels für Hathor, da sollen wir doch die Wandreliefs machen. Wie wäre es denn mit einer Karikatur der Anunnaki?«

Ägypter 2: »Lieber nicht, die sind doch gerade erst nach Nibiru zurückgeflogen. Am Ende kommen die zurück und dann sind wir dran.«

Ägypter 1: »Ach komm, die tun uns doch nix. Der Tod von Pharao Tutanchamun damals, das war eindeutig ein Unfall. Da muss er sich doch an die eigene Nase fassen, wenn er in ein UFO mit abgelaufenem TÜV steigt.«

Ägypter 2: »Ich weiß nicht so recht, was willst du denn karikieren?«

Ägypter 1: »Wie wäre es mit den Glühbirnen? Die haben doch letztens noch mit dem Pharao über Energiesparlampen diskutiert. Wäre doch witzig.«

Ägypter 2: »Okay, ich bin dabei. Aber wir setzen lieber nicht unsere Namen unter das Bild. Die Anunnaki wollen nicht, dass irgendjemand von der Schöpfung der Menschheit durch sie erfährt. Wenn also deswegen das Ägyptische Reich untergeht, dann soll das nicht mit unseren Namen in Verbindung gebracht werden.«

Die Datierung des Reliefs der Glühbirnen und die Übernahme Ägyptens durch die Römer lagen im gleichen Zeitraum. Zufall?

Unsere Diskussion schien gut zu laufen, alle hatten ihren Senf dazuzugeben oder stellten eigene Theorien auf. So gefielen mir die Abende im Kloster am besten. Zumindest solange es niemand zu ernst nahm und man sich tatsächlich über grenz- und pseudowissenschaftliche Theorien stritt. Kam auch vor, aber heute blieb es aus.

Ausbleiben musste letztendlich aber auch ein zufriedenstellendes Schlusswort für alle, da Madelaine uns die weniger frohe Kunde der letzten Runde brachte. Wir bestellten also jeder noch ein Bier und zahlten direkt unsere prallgefüllten Deckel. Die letzte Flasche nutzten wir für Gespräche darüber, wer heute noch wohin ging und was die nächsten Tage so bringen sollten. Dann verabschiedeten wir uns voneinander. Außer Emmy und ich, vor uns stand wieder ein halber gemeinsamer Heimweg. Und als wir so liefen, da erschien es mir als äußerst sinnvoll – vermutlich der Trunkenheit geschuldet – endlich mit der Sprache rauszurücken.

Ich: »Ey, ich muss dir was sagen.«

Emmy: »Die Anunnaki haben den Menschen nicht als Arbeitssklaven erschaffen, sondern du?«

Ich: »Ja, auch. Aber eigentlich geht es eher um unsere Zeit, die wir miteinander verbringen. Zum Beispiel gerade, der Heimweg, das tut immer voll gut. Nüchtern tut es auch gut. Also es tut gut. Es ist einfach ... schön. Mann. Jedenfalls ... wenn wir zusammen nach Hause laufen, so halb zumindest, dann vergesse ich irgendwie alles um uns herum und, naja, ich habe ein wenig Angst, dass wir deswegen epische Kämpfe zwischen Drachen und guten Ninjas verpassen, weil wir so in unserer eigenen Welt gefangen sind. Oder du in meiner. Keine Ahnung.«

Emmy: »Meinst du wirklich Drachen oder vielleicht Lindwürmer?«

Ich: »Was für 'n Zeug?«

Emmy: »Du liest ja keine Fantasy-Bücher, aber es gibt ja verschiedene von den Viechern.«

Ich: »Diversität tut auch Schuppenträgern gut. Aber ist auch egal, wir kriegen es ja eh nie mit.«

Emmy: »Wär aber schon geil, vielleicht könnten wir mitkämpfen.«

Ich: »Dann hätten wir aber nicht mehr unsere gemeinsamen Heimwege.«

Emmy: »Auch wahr.«

Ich: »Und es ist auch super, dass du immer da bist und man mit dir Scheiße machen kann. Und scheiße geil sein kann. Also nicht so scheißegal im Sinne von supergeil, sondern von kackegeil, so gammlig irgendwie.«

Emmy lachte und stimmte mir zu. Wir waren die Kaputten in der kaputten Welt, also möglicherweise die ultimative Perfektion. Die Erinnerung daran, dass Unwichtiges manchmal das Wichtigste überhaupt war. Dass Unsinn Sinn ergab. Dass es auch Idioten mit einer grundsoliden Intelligenz geben konnte. Dass Dokus, Bier und Jogginghosen jeden Gala-Abend in den Schatten stellen konnten. Und dass wir nicht alleine waren, solange wir uns hatten.

Über all das redeten wir, vielleicht weniger blumig, sondern mehr holprig. Aber wir verstanden uns. Ob wir nun mit Augenbrauen redeten, mit Händen und Füßen, schweigsam oder rülpsend. Sie war der Satellit, der mich in meiner habitablen Zone umkreiste und unsere gemeinsame Gravitation hielt uns zusammen. Es dauerte vielleicht zu lange, um das zu erkennen. Aber manchmal wartete man gerne, wie wenn ein Paket zu Weihnachten oder zum Geburtstag ein paar Tage früher ankam und man noch nicht reinschaute, weil man sich die Überraschung nicht nehmen lassen wollte.

Wir näherten uns unserer scheidenden Ecke. Der durch die Evolution in mühevoller Kleinstarbeit erlangte aufrechte Gang war in dieser Nacht eher ein Schwanken durch die Straßen unserer Stadt und immer wieder ergaben sich Berührungspunkte zwischen uns. An Knien, an den Schultern, an den Ellenbogen. Immer wieder fingen wir uns auf und gaben uns das kurze Gefühl des sicheren Standes.

Wieder Berührung und Gelächter, manchmal schubsten wir uns absichtlich leicht. Weil es total witzig gewesen wäre, wenn sich einer aufs Maul gelegt hätte. Und auf einmal berührten sich nicht mehr Schultern, Knie, Ellenbogen, diesmal berührten sich die Hände. Und sie ließen sich nicht mehr los.

Und dann? Dann hoben wir die Relativität der Gleichzeitigkeit auf. Überall um uns herum tauchten Drachen auf im epischen, aber rücksichtsvollen Kampf gegen gute Ninjas. Der nächtliche und schwache Puls der Stadt wurde zu einem großen Beben, das alle Matratzengeschäfte aus den Ecken riss, jede Warterei seit 1984 unnötig machte, Küchenfenster zerbersten ließ, Waschsalons aufs Übelste verdreckte. Wir spürten die Hitze aus den Lungen der Drachen am ganzen Körper. Von irgendwoher tönte laut das perfekte Lied, kein Film dieser Welt hätte einen besseren Soundtrack haben können als unsere Nacht. Und während die Stadt um uns in unbeachtete Trümmer aufging, fielen die ersten Regentropfen vom Himmel. Dann küsste Emmy mich zum ersten Mal.

Ende.

Gratiarum

Ich danke meinem Latinum, das gerade noch gereicht hat, um die Kapitel und das Wort *Danksagung* ultracool wirken zu lassen.

Ich danke der Literaturinitiative Treibgut für die Hilfe bei diesem und anderen, gemeinsamen Projekten. Besonderer Dank geht an Uli Schröder und Marek Firlej für die umfangreiche Hilfe bei den Korrekturen und dem Layout des Buchs.

Ich danke Ellen, Hannah, Johanna, Kathi, Kim, Mada, Sabrina und Theresa für das Aushalten unzähliger Textauszüge.

Ich danke Jan-Gerrit für alles.

Ich danke Ingrid, Max, Peter, Marius, Luise, Joey, Karl, Aaron, Bombe, Lukas, Pepe, Dirk, Caro, dem Kowal, Larissa, Gloria, Eva, Dizzy, meiner Familie, allen Dokumentarfilmern, den Bands meiner Schreibplaylist, der Redaktion im Lueg-Haus, dem Freibeuter und allen, die ich leider vergessen habe.

Und ich danke dir. Fürs Lesen. Falls dir jemand vorgelesen hat, trag den entsprechenden Namen bitte ein: Danke an _____ fürs Vorlesen!

Der Autor

Tim Szlafmyca wurde 1989 in Leipzig geboren und lebt seit 2008 in Bochum. Neben dem Studium der Kunstgeschichte und Komparatistik ist er als freier Texter tätig und gehört seit 2011 zur Literaturinitiative ›Treibgut – Literatur von der Ruhr‹. Im Jahr 2012 veröffentlichte er als Mitherausgeber und -autor die Anthologie ›Pandoras Büchsenöffner‹ im Bochumer Universitätsverlag (seit 2014 Westdeutscher Universitätsverlag).

Alles Weitere bitte selbst ausfüllen, da der Autor zum Zeitpunkt der Veröffentlichung diese Meilensteine noch nicht erreicht hat (unzutreffendes bitte streichen):

Im Jahr ____ heiratete er
- _____ .
- Nora Tschirner.
- nicht.

Tim Slafmyca starb
- ____ .
- im Alter von 158 Jahren, da er eine Galapagos-Schildkröte war.
- nie.